STAR WARS
スター・ウォーズ
A STORY OF YOUNG OBI-WAN KENOBI

パダワン
PADAWAN

上

著 KIERSTEN WHITE
キルスティン・ホワイト
訳 HIROKA INAMURA
稲村 広香

Gakken

Star Wars Padawan
Written by Kiersten White

Translated by Hiroka Inamura
Cover Art: 5health
Cover Design: LYCANTHROPE Design Lab (Katsutoshi Takemoto)
DTP: Tokyo Immigrants Design (Masayuki Miyanaga)

STAR WARS PADAWAN スター・ウォーズ　パダワン
CHARACTER INTRODUCTION 登場人物紹介

ジェダイ（平和と正義の守護者）

オビ＝ワン・ケノービ……………… 十六歳。少し前に、クワイ＝ガン・ジンの弟子《パダワン》となった

クワイ＝ガン・ジン……………… オビ＝ワンのマスター

ボラ（ローディアン）……………… パダワン仲間のひとり。いたずら好きの少年

プリー……………………………… パダワン仲間のひとり。動物好きの少女

シリ・タチ………………………… パダワン仲間のひとり。オビ＝ワンがやや意識している相手

惑星レナーラの住民

アユージ（ミキアン）……………… 若者たちを率いる少女

カサル（ミキアン）………………… アユージの弟

ゼイ＝ブリイ（クローダイト）……… アユージと親しい関係にある

ネスギン（イクトッチイ）………… 好奇心旺盛な少年

メム（アイムルーシアン）………… 非常に用心深い少女

シャシュ（ノートラン）…………… 同じ種族のトリルとホイッスルの身をいつも案じている

エイミット（トゥイレック）……… 年少の子ども

グレマック（イクトッチイ）……… 年少の子ども

ジャーパーとタンバー（不明）…… 年少の子ども

トリルとホイッスル（ノートラン）… 年少の子ども

その他

A6-G2……………………………… オビ＝ワンの船を操縦するアストロメク・ドロイド

※（　）内は種族名。記述のないものは人間

愛しいクリスへ
そして、私をジェダイへの道に誘って、
夢をかなえてくれたジェンへ

CHAPTER 1

何の前ぶれもなしに、触手が現れた。トゲのはえた何本もの触手が、オビ＝ワン・ケノービの手首に巻きつき、強く締めつけてくる。

手をさっと引っこめると、熱い液体が浴びせられた。痛みに焦って足をすべらせ、かたい地面に仰向けにころんでしまう。丸くふくらんだ、鮮やかな緑色のトゲだらけの胴体が身をよじり、触手の締めつけはいっそう強くなった。オビ＝ワンは腰のライトセーバーにさっと手を伸ばした。触手のトゲが食いこんで、血管に毒が流れこんでくるのを感じたのだ。

こんなところで、こんな形で終わりを迎えるわけにはいかない。

「助けてくれ！」怪物から目を離さずに叫んだ。仲間の弟子《パダワン》たちが、助けに来てくれるにちがいない。

「それ、悪魔イカかな？」向かいの席にすわったプリーが、うれしそうに両手をたたいた。「待って、傷つけないであげて！」プリーは急いで食卓をぐるりと回ってくると、オビ＝ワンのそばにひざをつく。床に広がる熱い液体など、まるで意に介していない。プリーのロングパンツもオビ＝ワンのローブも、すでにぐっしょりとぬれそぼっている。

「そいつをどけてくれ！」オビ＝ワンは叫んだ。「切りはなすんだ！」

プリーは不満そうににらんできた。茶色い目に黒い眉毛がかぶさり、編みこんだ髪はひっつめられて、弟子《パダワン》であることを示す細い三つ編みだけが垂れさがっている。プリーは三つ編みを耳にひっかけ、身を乗りだした。

「この子、まだほんの子どもなんだよ。ほらね？」片手で悪魔イカの脈うつ胴体にならんだトゲをなでおろす。イカは身を震わせ、ゆっくりと身体をしぼませていった。トゲがひっこんでいき、オビ＝ワンの手首に巻きついた触手がほどかれる。オビ＝ワンは驚きつつも、ほっと息をついた。プリーはイカを持ちあげ、よしよしとなだめる。オビ＝ワンの肌には真っ赤なみみずばれができていたが、プリーの手首には触手は優しく巻きついていた。

オビ＝ワンは、スープまみれで立ちつくしていた。スープの中に生きた捕食者が入っていたなんて。弟子《パダワン》の食堂には、これ以上の危険のきざしは見えないが、だからといって、安全であるとはいえない。「キッチンを調べないと。だれかがこれをしこんだにちがいない。暗殺者か、あるいは――」

オビ＝ワンに浴びせられたのと同じ液体が、ボラの口からこぼれ、うろこのはえた緑色のあごを伝っておちた。大笑いしたひょうしに、たえきれずにこぼしてしまったのだ。湯気のたつ夕食の器に指を突っこんだままだが、その器に悪魔イカが入っている気配はまったくない。

「うわあ」ローディアン[*1]のボラは器の中身をこぼさないよう気をつけながら、あごをふいた。「スープのスパイスのせいで、肌がヒリヒリする！」

オビ＝ワンはこぶしを握りしめた。赤くなった手首がずきずきと痛む。「熱いスープを全身に浴びて、悪魔イカに毒を注入されたら、もっとヒリヒリするんだからな！」

「触手の最初の一本がくねくね出てきたときの顔、おまえ自身に見せたかったよ！　食事の一部かな、食べようかなって考えてるように見えたぞ！　まあ、本当に食べようとするとは思いもしなかったけどね。計画よりもずっとうまくいったよ」

「毒なんだぞ」オビ＝ワンは必死に怒りをおさえながら繰りかえした。

ボラはようやく器を置いて、長い指をした手をうるさそうにふった。その耳は今も愉快そうにぴくぴく動いている。「大丈夫だよ。ここに解毒剤が――」ベルトをたたき、いつもそこについているポーチがないことに気づく。きらきらした青い目を覆う白い膜が、ぱちりと一度だけまたたいた。「いや、解毒剤があるのはたしかなんだ。すぐに良くなってたさ」

「良くなんかなってない！」オビ＝ワンはテーブルの布ナプキンをつかんだ。ここは弟子《パダワン》向けの食堂だから、少なくとも、ぼくがはじをかいたところを見られることは――

「ここにいたのか」クワイ＝ガン・ジンが言った。ジェダイの騎士であり、オビ＝ワンの師《マスター》だ。こんなありさまの弟子《パダワン》を見て、おもしろがっているのか、あるいは怒っているのかは、その口調からは判断できなかった。

オビ＝ワンは、傷ついた手と同じくらい顔が真っ赤になるのを感じた。

「もっと気をつけるべきだったよ」プリーがオビ＝ワンをにらみながら、非難するような口調で言った。まるで、オビ＝ワンに非があったかのように。「まだ赤ちゃんイカなのに、もうちょっとでけがをさせるところだったじゃない」

「でも、あいつ――あいつのほうは――」オビ＝ワンはボラを指さした。ジェダイ・マスターが姿を見せた今、ボラはなにごともなかったかのように、自分のスープをすすっている。

オビ＝ワンは十六歳。修行中の弟子《パダワン》であり、もはや新米の訓練生《ヤングリング》ではない。それでも、ボラのことを告げ口したいという衝動をおさえるのはむずかしかった。たとえ告げ口はしなくとも、スープまみれになって手首を負傷した理由を説明する機会がほしい。マスターの前で少しでも面目を取りもどしたかった。

「どうやら、食事は終えたようだな」クワイ＝ガンは片方の眉をあげた。「それとも、食事のほうがおまえを終わらせたのかな？」

そんなそぶりは見せていなくとも、クワイ＝ガンが内心で笑っているのはまちがいない。ぼくも笑えればいいのだが、さっきの戦いのせいで高まった鼓動はまだおさまらない。戦いといっても、問題の悪魔イカのほうは、適切な扱いをうけておとなしくなり、今はプリーの肩と首のあいだにじっとおさまっている。

プリーは、たわいのない言葉をそっとささやきつづけている。「いい子はだれかな？ あなたよね！ いい子の悪魔イカちゃんはだれかな！」

〝いい子の悪魔イカ〟なんてものは知らないが、その悪魔イカじゃないことは確かだぞ。ボラはスープの器をかたむけて表情を隠したが、隠しきれない笑いでその肩が揺れている。

怒りは暗黒面《ダークサイド》につながる道だ。そんな道に足をふみいれる気はさらさらない。だが同時に、ボラの顔にスープを浴びせたくてたまらなかった。

クワイ＝ガンは、袖の中で両手を組みあわせた。オビ＝ワンの怒りを感じたにせよ、ただ当惑をおぼえただけにせよ、それについては何も言わなかった。「わたしはめい想に行くとちゅうなんだが、おまえもいっしょに行きたいかと思ってな」

めい想なんて、今いちばんやりたくないことだ。びしょぬれだし、心は落ちつかず、怒りに近い感情にとらわれているというのに。でも、いちばんやりたくないということは、ぼくにとって、それがいちばんためになることなのかもしれない。ジェダイ騎士団《オーダー》の教えにはそういうものが多い。やりたくないという気持ちが強いほど、それをやることで自分を高められるのだ。

ぼくは自分を高めたい。最高になりたい。最高の弟子《パダワン》に、最高の修行者に、最高のジェダイに。それは騎士団のおかげだ。

「かわりに、セーバーの練習はできませんか？」オビ＝ワンは期待をこめて尋ねた。クワイ＝ガンの弟子《パダワン》になってまだ日は浅いが、これまでのところ、マスターはごく基本的な型《フォーム》しかやらせてくれない。オビ＝ワンはそれを得意としていた。ほんとうに、得意だった。つぎの段階に進む用意はできていたし、セーバーのフォームを通してこの怒りやいらだちの一部を解決するのは、めい想を試みるよりもずっとかんたんだろう。めい想というのは、身体を動かすよりもずっと大変なことなのだ。一見、矛盾しているようだけれども。

「困った問題がある」クワイ＝ガンは、何が問題なのかは説明しなかった。「めい想をしよう」

ボラのせいで食事をとりそこねた胃が、ずしんと重くなった。クワイ＝ガンの問題のもとは、ぼくなのだろうか。訓練の大半はめい想についやされているような気がする。ほかの弟子《パダワン》たちは、ひんぱんに任務についたり、共和国のために働いたり、銀河を助けたりしているのに。ボラの場合は、怪物を見つけては、ぼくにけしかけてくるだけだが。

準備ができていないのは、ぼくのせいなんだろうか。コルサントにとどまってめい想することにクワイ＝ガンが満足しているようなのも、そのせいだろうか。でも、クワイ＝ガンは満足しているわけではないのかも。ぼくのせいで心を悩ませ、自分の弟子《パダワン》は、まだ聖堂の保護のもとから離れる準備ができてないと心配しているのかもしれない。

ぼくは最高の弟子《パダワン》になろうと努力している。懸命にがんばっている。だけど、冷静で穏やかなマスター・クワイ＝ガン・ジンに感銘を与え、喜ばせる方法を思いつくのは不可能に近い。何をテストされているのかもわからないのに、そのテストに合格するのは無理だ。

ほかの弟子《パダワン》たちに別れを告げることもなく（プリーは新たなペットに夢中だし、ボラはまだ笑いをこらえていた）、オビ＝ワンはクワイ＝ガンのあとについて、弟子《パダワン》の食堂を出ていった。広々とした訓練室やさまざまな居住施設のある下層区域を離れて上層に向かい、クワイ＝ガンのお気に入りの庭園を目ざす。オビ＝ワンもそこを気に入っていた。少なくとも、その場所で何度も訓練の失敗を重ねる前までは。今では、緑の空間のさわやかな香りにすら、不安をおぼえるようになっていた。

広々とした美しい庭園の静かな片隅で、あざやかなオレンジ色の花々とどこかで流れる水の音に囲まれて、クワイ＝ガンは地面にすわった。脚を組んで足首のところで重ね、両手をひざに置いて目を閉じると、呼吸はすぐに穏やかになった。規則正しい、落ちついた呼吸。

オビ＝ワンは師と向かいあってすわった。石だたみの地面はかたくてすわりごこちが悪い。どちらの足首を上にして重ねるべきか、決めかねた。左足を上にしたほうがいい気がしたが、よく考えてみれば、ほんとうにそうだろうか？　足を組みかえてみて、またもどにもどす。そんなことを三回も繰りかえした。手のひらを下に向けてひざに置いては、また上に向ける。背すじはまっすぐに。目を閉じて。だが、オビ＝ワンは目をぎゅっと閉じてしまい、〝葉っぱが地に舞いおちるように〝そっと閉じることはできなかった。クワイ＝ガンが伝えてくれたイメージとはちがい、オビ＝ワンの葉っぱは落ちつかず、ビクビクと動いているようだ。

やっとのことで、くつろげるような状態になることができたが、自分の身体をさらに強く意識するようになっていた。ロープのところどころが、今は冷たくなったスープでぬれている。手首は心臓の鼓動に合わせて拍動するのをやめ、ヒリヒリとした痛みがしつこくうずいた。

だが、それでよかった。努力なしに、ほんとうにめい想しているとはいえない。それはむずかしいだろう。かんたんなはずはない。小さな新米のころはかんたんだった。あのころはわかっていなかったのだ。今の自分のようには。

マスター・クワイ＝ガン・ジンに尋ねたかった。めい想とは、困難なことであるべきなのでしょうか。しかし、片目を少し開けただけで、クワイ＝ガンがはるか遠くにいることがわかった。クワイ＝ガンと床のあいだに少しのすき間もないことは断言できる。目を開けたことをとがめられないよう、ふたたび目を閉じる。

めい想。ぼくはそれを理解しなければならない。試練《トライアル》の前には、けっしてむずかしいことではなかった。しかし、そのころは訓練のほんの一部分にすぎなかったのだ。今、クワイ＝ガンのもとでは、それが訓練の大部分を占めている。ほかの技術でうめあわせするわけにもいかない。たぶん、そこがいちばんいやな点だ。めい想は、自分の弱点を目の前に突きつけてくる。ほかのことを考えることも行動することもできず、弱点に向きあうしかないのだ。それがとても怖かった。

そして、自分の恐怖そのものが怖かった。なぜなら、恐怖は暗黒面《ダークサイド》につながる道だからだ。だからこそ、めい想を必死で見つけださねばならず、心臓の鼓動が高まり、手首はいっそう痛む。どんな形であれ、安らいだ状態などには絶対になれないのだ。フォースをさぐり、つながれるような道すじはすべて閉ざされている。

ぼくにはできる。できなきゃいけないんだ。フォースをさぐり、つかもうとしたが、何度もから手に終わった。マスターが完全な調和を保ってすわっているあいだ、オビ＝ワンは身をよじっていた――スープにまみれたみじめな姿で、平穏はかけらもない。ますます確信がつのり、胃がキリキリと痛む。クワイ＝ガンの問題の原因は、ぼく自身にまちがいない。

ぼくは弟子《パダワン》として失格なんだ。

＊1　丸いアンテナのような二本の器官を頭に備えた、緑色の肌の人間型種族

CHAPTER 2

クワイ＝ガンの声が沈黙を破り、オビ＝ワンは驚いてぱっと目を開いた。

「話したいことがあるんじゃないか？」クワイ＝ガンが尋ねた。その口調は穏やかで、批判がましいところはない。オビ＝ワンはますますいやな気持ちになった。ぼくは批判されるべきなのに！　クワイ＝ガンはぼくをしかり、非難し、説教をするべきだ。

クワイ＝ガンの注意を引かないよう必死で動きを止めていたせいで、全身が緊張し、硬直していた。そんな努力もむだだったわけだが。「いいえ！　何のことでしょう？」悲鳴のような声がぎこちなくほとばしった。子どもっぽい感じがして、すごくいやだ。咳ばらいして、穏やかな声に聞こえるよう、もう一度しゃべろうとする。落ちついた声に聞こえるように。めい想のあいだ、ずっと自分の恐怖を追いはらおうとしたのに、結局は完全に恐怖にとらわれてしまったと気づかれないように。「何について話すんですか？」

「わたしが、おまえの望むような存在ではないことはわかっている」

いいえ、ぼくのほうが、あなたが望むような弟子《パダワン》ではないんです。確信があった。ぼくが露呈してしまった出来の悪さを、クワイ＝ガンはほんとうに自分の責任だと思っているのだろうか。オビ＝ワンは恐怖とともに罪悪感をおぼえた。手首はまだ痛むし、よごれたローブはごわごわしている。石だたみの上にすわっていたせいで、片足の感覚がなくなっていた。もし立ちあがりでもしたら、倒れてしまうのはまちがいない。

今、この時に存在しつづけるべきだとわかってはいるが、この瞬間から離れたくてたまらない。というよりも、今日という日そのものにおさらばしたい。

「いいえ、マスター、ぼくは——」

通信機《コムリンク》が鳴った。クワイ＝ガンはベルトからコムリンクを取って答えた。「はい？」

心地よい高い声が返ってくる。「あのかたが到着したら知らせてくれと言っていたでしょ」

「そうだった。ありがとう」クワイ＝ガンは立ちあがり、ローブを整えた。オビ＝ワンも立ちあがったが、血の流れがとどこおった足のせいでよろめき、あやうくころびそうになった。

「ぼくたち、どこへ行くんですか？」

「いや」クワイ＝ガンはオビ＝ワンの肩に片手を置いた。「行くのは、わたしだけだ。おまえはその手首を診てもらったらいい。ローブも着がえたほうがいいだろう」

手首よりも、プライドに負った傷のほうが痛かった。クワイ＝ガンのあとを追い、その目的を確かめたかったが、そんなことをしたら信頼を裏切ることになるだろう。あきらめて、とぼとぼと自室にもどった。飾り気のない小さなへやだが、ベッドの枕元にある棚には、これまで集めたお宝がいくつかおさまっている。イラムの石。シリが冗談ぽく耳にはさんだことのある花。プリーがくれた、何かのから。たぶん、プリーが愛する恐ろしい怪物のからだろう。訓練生《ヤングリング》時代のスプーン。ボラはなぜかそれがぼくのお気に入りだと決めつけ、みんなでそれを奪おうとしてきたものだ。ぼくは守りぬけたと思う。ぼくたちはもう訓練生《ヤングリング》ではないのだから。

よごれた衣服を着がえながら、心の中でボラをのろうのをやめようとするが、うまくいかなかった。手首を洗って包帯を巻く。訓練生《ヤングリング》と弟子《パダワン》は全員、やけど用の救急キットを持っている。ライトセーバーの訓練で負った小さなやけどを手当てするためだ。長いあいだ使ってはいなかったが、今はこれがあってよかったと思う。ジェルを塗ると、肌の痛みはすぐにやわらいだ。

手首のやけどはさほどひどくはないが、トゲのあとはいくつか残っている。あそこにプリーがいてくれてよかった。プリーのマスターは動物を専門とし、銀河じゅうで有名だ。ある惑星で動物に関する問題が生じると、このマスターが呼ばれるのが常である。その弟子《パダワン》として、プリーはぴったりだった。生き物を扱うコツを直感的にこころえ、知識欲も旺盛なのだ。

友人たちは皆、それぞれのジェダイ・マスターとぴったり合っていた。シリはしょっちゅう、わくわくするような重要な任務に出ている。天体物理学に長けたジェイプは、さらに学識を備えたジェダイ・マスターにつき、完ぺきな師弟コンビとなっていた。訓練生《ヤングリング》時代には問題児だったボラですら、弟子《パダワン》としての新たな役割は気に入っているようだ。マスターとともに公文書館で長い時間をすごし、研究を重ねている。ホロクロン[*2]を手にしたときは、幸せの絶頂という感じだった。

みんな、あるべき場所におちついている。ではなぜ、クワイ＝ガンはぼくを選んだのだろう。ふたりのあいだに、通じあうものは何もないと思われるのに。

まだ腹はへっているが、弟子《パダワン》用の食堂にもどるのはいやだった。またボラと顔を合わせるかもしれない。悪くすると、シリと出くわすかもしれないのだ。危険な任務に出てはいるが、いつ帰還してもおかしくない。とはいえ、このまま自室にいたら、だれかがさがしにくる可能性もあった。

逃げる必要があるときにいつも行く場所に向かうことにした。めったに使われない、正式な宴会場だ。厳密には立ち入り禁止ではなかったから、その点につけいることにしていた。聖堂の中で、真にひとりきりになれる数少ない場所のひとつだ。ほかの弟子《パダワン》と会いたくないときには、そこでライトセーバーのフォームを練習して、長い時間をすごした。めい想してみることもある。ひとりならコツがつかめ、めざましい進歩をとげてクワイ＝ガンを驚かすことができるかもと期待したのだ。

まだ成果はあがっていないが、だからといって、絶対に無理だというわけではない。もっと熱心に努力し、がんばりつづければ、必ずできるようになるはずだ。

階段をいくつかのぼり、メインとなる広い通路と直角に交わる、せまい通路を進んだ。また別の通路から会話が聞こえ、驚いて足を止める。

「知っていたかね」威厳のある低い声だ。「あの宴会場はかつて、図書室だったことを。ジェダイが真の知識を重んじていた、いにしえの時代のことだ」

オビ＝ワンは眉をしかめた。声の主がだれだかはわからないが、ジェダイ聖堂の通路であからさまにジェダイを批判するとは。そんなことをやってのけるのは何者だろう。急いで向かって正体を突きとめたかったが、いっぽうで、見とがめられずに宴会場にもぐりこみたくもあった。そして、後者の欲求のほうが勝った。足音が通りすぎるまで待ち、横手のドアから入る。

宴会場はだだっぴろく、アーチ形の天井はまばゆいほどまっ白で、何世紀も前の美しい彫刻がほどこされている。さっきの謎の人物の言によれば、当時、ここは聖堂の図書室だったという。図書室として用いられているようすは想像がついた。だからこそ、ここがこんなに好きなのかもしれない。ここには今も、かすかな期待感と知識の気配が漂っている。

だれもいないタイルの床を横切る。床の精巧なモザイク模様は、はるか昔にフォースに還った偉大なジェダイの物語を伝えている。向こう側の壁に近づき、床から伸びあがった柱が天井を支えているあたりで横たわった。ここなら、だれかが入ってきても身をひそめていられる。

頭上にぼんやりと見える星々は、迷える弟子《パダワン》を無言のまま、石のように無情に見おろしてくる。石のように無情なのはしょうがない。あの星々は石に彫られたものだからだ。オビ＝ワンは切望のため息をもらした。もし星に行けるものなら、何だってやってのけるのに。石に彫られた星じゃなくて、本物の星に行けるなら。

そして……石に彫られるような功績が得られるなら、何だってやる。すでに定められた自分の運命を、フォースの中をたどる道を知ることができるなら。それを学び、調べ、照合して、自分自身の星々をたどる道しるべにしよう。そのとき、自分のすべきことがわかるはずだから。さらに重要なことは、自分にそれができるということだ。だれかを失望させることなどなく。

マスター・クワイ＝ガンの困った顔が頭に浮かんだ。もう、じっとしているわけにはいかない。めい想の練習をするという計画は、なだめられた悪魔イカのようにしぼんでしまった。立ちあがって歩きだし、星の配置を目で追う。

はるか昔、だれかが時間をかけて、星々を壁に刻んだ。ジェダイがなしたことにはすべて意味があるはずだ。好奇心がそそられた。めい想をしたくないからではない。少なくとも、めい想をしたくないからだけではない。

なぜ、この星々を？　なぜ、ここに？　適当に選んだはずはない。かべに刻まれた星々をたどって歩き、見たことがあるものをさがす。だが、まもなく、小さめの柱によって歩みがさまたげられた。改築のとき、公式行事の際に評議会の面々がすわる、一段高くなった演壇を支えるために追加された柱のひとつだ。

その柱は、もともとの設計には含まれていなかったのだろう。新たな柱と壁のあいだにはせまいすき間がある。オビ＝ワンは身体がかなりしなやかだ（オビ＝ワンは〝しなやか〟という表現を好んでいた。みんなに呼ばれるような、やせっぽちとか、ガリガリだとか、ウーキーの抜け毛みたいにひょろりとしてるとかの表現よりも）。

息を思い切り吐ききって、なんとかすき間にもぐりこむ。柱の向こうがわはうす暗い。くしゃみが出た。うす暗いうえに、ほこりっぽい。これは驚きだ。聖堂の中に、ほこりっぽいものはひとつもないのに。演壇が増設されたあと、この柱の後ろにすき間があることが忘れさられてから、どれくらい時間がたったのだろう。

自分をここに導いた星々を追い、新たに見つけたものに指を当てて、動きを止めた。惑星だ。奇妙だ。だれだか知らないが、一連の星々を刻んだ者が、惑星をひとつだけ加えるとは。これが惑星であることはまちがいない。小さな点々にぐるっと取りかこまれた星の形は、完全な円形だ。ほかの星々のようにギザギザとがっていない。だけど、どこの惑星だろう。どうしてこの壁に刻まれることになったんだろう。気づいていないだけで、ほかにも惑星があるのだろうか？

もっと奇妙なのは、その惑星の下に、ふたつの名が刻まれていることだった。オーラ・ジャレニと、コーマック・ヴァイタス。どちらの名前も知らないが、その文字の刻みかたが比較的ぎこちないことと、配置が悪いことを考えれば、ここを手がけた芸術家自身が刻んだものとは考えにくい。だれだか知らないが、オーラとコーマックのふたりもここに来て、聖堂の壁に自分たちの名を刻んだのだ。

聖堂に落書きをするなんて！という怒りと、聖堂に名を残したことへの羨望がわきあがるのを、なんとかおさえる。いったい、このふたりは何者だったんだ？

あとずさりして、ふたたびすき間をすりぬける。弟子《パダワン》の簡素な衣服をまとった腰が、壁でこすれるのを感じた。予備のローブはあまり持っていないから、ひと組をよごしてしまった今、気をつけなきゃいけない。オーラとコーマック。ふたりの正体が知りたくてたまらない。そして、あの惑星の下に自分たちの名を刻んだ理由も。だが、きっと答えは見つかるはずだ。

オビ＝ワンは急いで公文書館に向かった。この発見は、ひとつの謎に思えた。新たな、わくわくするような謎だ。ほかの弟子《パダワン》のことや、クワイ＝ガン・ジンを失望させることへの恐怖を忘れるための方便として使える。

公文書館に着くと、大きなへやを避けてぐるっと回った。ジョカスタ・ヌーをはじめとする公文書館の司書の注意を引きたくなかったのだ。みんな熱心に助けてくれようとするだろうが、これは自分ひとりでやりたかった。そして、ボラとは絶対に会いたくなかった。

幸い、ほかの弟子《パダワン》がいる気配はなく、司書は全員、訓練生《ヤングリング》の一団にかかりきりだった。ジョカスタ・ヌーは迷路のような書棚を歩きまわる方法を教え、訓練生《ヤングリング》たちはうっとりとながめている。素直な賛嘆のまなざしがうらやましい。あのころはものごとがずっと単純だった。ジョカスタが取りだしたホロクロンが映しだした星系には、カイバー・クリスタルの洞窟を擁する氷の惑星、イラムがあった。

ぼくが実際に足をふみいれたことのある、数少ない惑星のひとつ。ギャザリング[*3]で訪れ、自分のカイバー・クリスタルをそこで手に入れたのだ。

　腰のライトセーバーに手が伸びる。あのギャザリングは困難をきわめた。もしかしたら、パダワンになるための試練《イニシエイト・トライアル》よりもむずかしかったかもしれない。洞窟が見せてきたもの、耳にささやいてきた恐怖……身体を震わせ、恐怖と不安の残滓《ざんし》を物理的に振りはらおうとする。そんなものをいつまでもかかえこむ必要はない。結局は自分のクリスタルを見つけ、セーバーを組み立てられたのだから。試練には合格した。あの日の自分は、青く輝く武器を誇りに満ちてたずさえ、ジェダイの一員になれると自信をもっていた。フォースとのつながりを確信し、銀河における自分の明るい未来を信じていた。

　あのつながりはどうなったのだろう？　あの自信はどこに消えていったのか？　やっと弟子《パダワン》になれたというのに、それまでにもまして自分がちっぽけに思え、とほうにくれているのはどうしてだろう。

　オーラ・ジャレニ。その名前が何かをもたらしてくれることを期待し、テーブルの前に立って入力した。その結果、重大な事実が判明した。オーラは、ジェダイだった。

　オーラのさまざまな任務や、あのハイパースペース大災害との関わりについての情報を追い、道を探求する者《ウェイシーカー》という役割に興味をそそられる。

ジェダイ騎士団《オーダー》の中に、まだウェイシーカーはいるだろうか。それは認められていないはずだ。いかなる監督も任務も受けずに自分の道を探求するようなジェダイは、評議会に逆らうものとされる。仮に、今もウェイシーカーがいるとすれば、クワイ＝ガン・ジンその人だろう。

情報は、一度に読みきれないほど多かった。コーマックについての検索結果も興味深かったが、いつのまにか、オーラの情報のほうに引きよせられていく。遠い昔の、そのジェダイとのつながりを感じた。オーラが名を刻んだのは、訓練生《ヤングリング》時代か、弟子《パダワン》時代のことだったのだろうか。彼女も苦しんで、自らの運命を石に刻みたくなったのだろうか。ぼくと同じように。

オーラのデータには、優先事項の印がついたメモがあった。記録を確かめると、その情報はかなり長いあいだ参照されていない。ハイパースペース大災害にともなう混乱と激変によるものかもしれないが、見たところ、この特別な記録は、ここに記されて以来、誰の目にもふれていないようだ。

メモを開くと、ある惑星への経路図が記されていた。胸の鼓動が高まる。画像を操作して拡大すると、辺境《アウター・リム》の最遠部であることがわかった。謎の惑星には、名前はおろか、番号すらついていない。正式な名称がないということは、公文書館にも公式な記録はないはずだ。オーラの経路図を見て、その宙域に向かう航路はかなり危険だと気づいた。そして残りのデータにもどった。

オーラ・ジャレニは、その惑星は重要で興味深い存在となりうると記し、調査を予定する旨を評議会に連絡した。だが、その後の報告はなく、オーラがそこにたどりつけたのか、もしたどりつけたとしたらそこに何を見つけたかの記録もない。

遠い昔のウェイシーカーがこの惑星の重要性を推測したのに、あとに続く者がいなかったとしたら、注目に値する。何よりも、こういうあいまいな調査活動は、マスター・クワイ＝ガン・ジンを聖堂から誘いだす魅力を備えているはずだ。マスターは、過去のジェダイや、彼らが残した記録に深く魅せられている。この件では、〝残さなかった〟記録というべきか。オーラ・ジャレニはその後の記録を残さなかったのだから。

慎重に対処すれば、ほかの弟子《パダワン》たちに語れる話ができるだろう。食事の席で命がけの戦いをしたなんて話ではなく、銀河を探検してなんらかの貢献をしたって話を。

恐怖と不安の黒い波が押しよせてきて、おまえがその旅に出たい真の理由は、それだけではないだろうとささやいてくる。たぶん、旅に出て何かをなしとげれば、ジェダイ騎士団における自分の存在にやっと価値を見いだせ、謎めいたジェダイの騎士のもとで弟子《パダワン》となったかいがあると思えるだろう。

あるいは、オーラやコーマックのように、聖堂に自らの業績を記されたいのかもしれない。

いずれにせよ、ぼくはこれをやらねばならないんだ。

＊＊＊

ビーコンがビーコンでなくなるのはどんなときだろう？

それが探査機として働くときは、宇宙を漂い、近くの動きをもらさず追跡する。平凡な見た目で正体を隠し、ヒッチハイクをもくろむ。

探査機は光を放ち、スクリーンには小さな光の点となる。すさまじいまでの期待と監視と切望。何年にもわたる無力な苦痛を示す、針先ほどの点だ。

投資者は結果を要求し、資金を引きあげるとおどしたが、そんなおどしが何になるだろう。おれは、すでにすべてを奪われたのだから。金《クレジット》などよりもはるかに重要なすべてのものを。

投資者を失ったとしても、別の方法が見つかるだろう。そのあとにもまた別の手段が。必要なら、いくつもの手段を取りつづけるしかない。

重要なことはほかにない。残してきたもののもとに帰る以外のことは。

男は、漆黒の虚空をさまよう直近の探査機の設定を調整し、ため息をもらした。どこかに、はかりしれないほど貴重な青く輝く宝石があるのはわかっている。そこにたどりつく方法を知る者も、どこかにいるのだ。その方法を知る者は、そこへ向かう誘惑に長くはあらがいつづけられないのはまちがいない。

彼らが行動に出たときには、こっちの準備は整っているだろう。

「星空の下、彼らは集い」そう口ずさむと、闇の中、未来の夢に身をゆだねていった。

＊2　重要なホログラム情報が保存された記録装置

＊3　ライトセーバー製作に不可欠なカイバー・クリスタルを見つけるよう、訓練生《ヤングリング》に課せられる試練のこと

クワイ＝ガンの居室の外を行きつ戻りつしながら、オビ＝ワンは語るべき言葉を練習した。今夜、クワイ＝ガンは評議会の会合に出ている。つまり、その後は他人を遠ざけて引きこもるということだ。その行動パターンは容易に予測できた。まだマスターを理解したとまでは思えないが、行動パターンを学ぶすべには長けている。ライトセーバーの型《フォーム》を習得する能力に、それは証明されている。

したがって、自己弁護は会合の前にしておくべきだった。会合の後では、クワイ＝ガンが味方についてくれる確率は低そうで、一週間のめい想が必要だと判断される可能性のほうがはるかに高い。クワイ＝ガンはフォースと交信するだろうが、ぼくは必死にがんばったあげく、みじめに失敗するのがおちだ。

時々、クワイ＝ガンはあまりにも深いめい想に入り、呼吸すらしていないように見えることがある。ところが、ぼくのほうはそのあいだずっとめい想しようとし、眠りにおちてなまなましい悪夢を見てしまった。武器も持たずにただひとり、フォースも使えずに、自分を食おうとする怪物に洞窟を追われていく夢だ。

クワイ＝ガンの居室のドアが開いた。「おや、おまえか」クワイ＝ガンは驚いた。オビ＝ワンは足を止め、ジェダイの規範《コード》に反する行動を見とがめられたかのように、身をこわばらせた。

「マスター！　ぼくは——見つけたんです——オーラ・ジャレニとは誰なのか、ごぞんじですか？」まずい手をうってしまった。訓練はすべてむだだった。

だが、驚いたことに、クワイ＝ガンのぼんやりとした不安げな目つきが鋭くなった。「オーラ・ジャレニ？　どこでその名前を聞いたのだ？」

クワイ＝ガンのように、冷静に集中しよう。自信をあらわすとともに、落ち着きも示すのだ。実際の感情とは真逆である。「導かれたのです」

まったくのうそではない。明白なうそをマスターに告げたりはしない。それでも、真実に手を加えてはいた。クワイ＝ガンがフォースのはかない性質を好み、それに導かれることに信頼を置いているのはわかっている。ぼくはそんな信頼をいだいてはいない——フォース自身がぼくを信頼しているとも思っていない——必要とあれば、クワイ＝ガンの関心をひくための演技もためらわないのだ。

「ぼくはめい想していたんです――」それは明らかにうそであり、クワイ＝ガンは片方の眉をあげた。オビ＝ワンは急いで続けた。「大きな宴会場で」

「どうしてそんなところで？」

「そこが……適切だと感じたんです」そこならひとりになれると思った。つまり、ぼくにとって適切な場所だった。「石壁に刻まれた古い彫刻に目がとまりました。あそこはかつて図書室だったことをごぞんじでしたか？」

クワイ＝ガンは当然とばかりにうなずいた。もちろんそうだろう。マスターの知らない情報ではなかったことに、少しだけがっかりする。

「それで、石に彫られたものは星図のように見えました。その星々を追わねばならないと感じたんです」これはうそじゃない。「新たに増設された演壇の後ろで、星々はひとつの惑星に続いていました。惑星の下の壁に、ふたつの名が刻まれていました。そのひとつがオーラ・ジャレニです。そこで、その人について調べました。オーラは興味深い惑星をジェダイに示し、そこにたどりつくための複雑な経路を残したのです。でも、あとに続く者はひとりも現れませんでした。オーラ自身がそこに行ったのかどうかもわかりません。ウェイシーカーとしてのオーラに関する記述は唐突に中断され、その名もない惑星について知る者もありません」

「ウェイシーカーだったのか？」予測どおり、クワイ＝ガンは好奇の目を光らせた。渇望の目といってもよいくらいだ。「彼女自身がそこに行ったかどうかもわからないと？」

「記録には加えられていません。そもそも、その惑星に関するオーラの情報すら、誰の目にもとまっていないんだと思います」

クワイ＝ガンは、いすがわりに使っている簡素な灰色のクッションにすわった。客をもてなすための家具はいっさい用意されていない。オビ＝ワンはいつも、自分が侵入者のように思えるのだった。クワイ＝ガンの生活に、自分の居場所などないかのような気がする。シリのマスターの居室にはふたりがけのテーブルがあり、師弟はそこでほとんどの食事をともにする。プリーのマスターは、自室と弟子《パダワン》のへやをとなりどうしにした。連絡をとりやすくし、ともに修行を積めるように。

「興味深いな。幾世代ものあいだジェダイに知られてこなかった情報を、おまえは再発見したようだ。フォースの導きがあったと思わずにはいられんな」

必死に努力して感情をおさえ、勝ちほこった思いをクワイ＝ガンに気づかれないようにしながら、眉をひそめてうなずき、「興味深いことです」と繰りかえす。「弟子《パダワン》にすぎないぼくが提案するなどおこがましいとはわかっています。しかし、フォースが導いてくれた道に従えば、ウェイシーカーのオーラが名もなき惑星の何が重要だと感じたのか、見つけられるのではないでしょうか」

お願いです、どうか、どうか、そのとおりだ、とおっしゃってください。

そう望むのはまちがっている。クワイ＝ガンを同意させようとするなんて。フォースの望むことのみにしたがい、フォースが示した道を受けいれ、感謝するべきなのだ。それがどんな道であろうとも。マスターに与えられた体験をたえしのび、自分に必要な経験だと信じなければならない。

だが、ぼくがしたいのは、ジェダイの騎士となることだけだ。そして、善と秩序と光をもたらす者として、銀河に乗りだしたい。この聖堂に閉じこめられていては、どれも不可能だ。

確かに、基本的なライトセーバーの戦闘の型《フォーム》なら、眠っていても通しでやれるし、フォースを使って前後に動き、ジャンプすることもできる。身体的な能力は充分すぎるくらいだ。にもかかわらず、騎士《ナイト》となるにふさわしいだけの精神を備えていないのではないかという恐怖は振りはらえないでいる。常にその恐怖にさいなまれているせいで、罪悪感をおぼえると同時に、強い不安がこみあげてくる。悪循環におちいっているのはまちがいないのだが、そこから抜けだすすべが見つからない。そのせいで、フォースとつながることも、自分自身の能力を引きだすこともさまたげられている。

聖堂から出られたら、星々でジェダイとして活動できたなら、フォースの導きを感じられるかもしれない。

そのとき、自分は弟子《パダワン》にふさわしいと思えるかもしれないんだ。

オビ=ワンの心は幸福と安心で張り裂けそうになった――クワイ=ガンが誇らしげにほほえみかけてくれたのだ。もちろん、罪の意識も感じた。クワイ=ガンは冷淡でも性急でもない。どちらかというと、忍耐強すぎるくらいだ。自分のもつ能力をいつかオビ=ワンも獲得できると確信しているようだが、ぼくにはとてもそうは思えない。現段階では、ジェダイの騎士にすらなれる気がしないのだ。

クワイ=ガンは立ちあがった。「航行計画をたてて、船を請求せよ。T-5シャトルで充分だろう。そして、忘れるな……」そこでクワイ=ガンは間をおいた。その顔に、不安な表情がさっとよぎる。「常に、忘れてはいけないぞ。時には、フォースが非常に小さな働きをすることもあるのだ」

それが何についての警告なのか、よくわからなかった。いつもなら気になるところだが、幸い、今はほかに考えねばならないことがある。ぼくはこの惑星を離れ、任務につくんだ。自分が提案した任務に。聖堂の四つの尖塔からバク転することだってできるような気がする。それが冒とく行為であり、フォースを通じて得た能力の誤った使いかたでなければの話だけど。

クワイ＝ガンはため息をつき、白くなりかけた眉を寄せた。不安げなしわがみけんに刻まれる。「もう評議会に出なければならない」

「この任務についてお話しいただけますか？」必要な許可が得られるかという不安で、胸がぎゅっと苦しくなる。無限の智恵を備えたマスター・ヨーダは、ぼくの発見にフォースが何の関わりもないことを即座に悟るだろう。あるいは、ジェダイ・マスターのひとりに言われるかもしれない。その謎の惑星は数世紀も前に調査済みであり、何の価値もないと見なされた、と。無意味で、フォースにとってまったく重要ではなく、銀河に何の影響ももたらさない惑星だ、と。

のどが苦しい。どちらの場合でも、ぼくの探究心はまちがっていると証明されてしまう。フォースによってオーラ・ジャレニと謎の惑星に導かれたと断言はできないが、好奇心に導かれ、最後まで見届けたくてたまらないのに。

クワイ＝ガンのみけんのしわが深くなり、オビ＝ワンは息を殺して待った。そして、クワイ＝ガンのつぎの言葉に驚かされた。「評議会は、すべてを知る必要はないのだ。すべてを知っていると思ってはいるだろうがな」

ほっとするというよりも、そんな大胆な物言いに不安がわきおこった。マスターに対して警告を——あまつさえ、非難をしたくなる衝動をぐっとおさえる。ジェダイ評議会との関わり方について、クワイ＝ガンに指導できる立場ではないのだ。クワイ＝ガンを怒らせるようなことはしたくないし。銀河に出られる任務をあやうくしかねないようなことはしちゃだめだ。ぼくにはこの任務が必要だけど、その理由は自分でもよくわからないし、マスターに説明するのはもっとむずかしい。

頭を下げて別れのあいさつをすると、格納庫《ハンガー》にすっとんでいった。シャトルの午前便の予約をし、必要な物資の要請を出す。聖堂の運営とジェダイの行動の維持のために、驚くほど多くの人々が関わっている。銀河にとってジェダイがいかに重要かという証拠だ。その多大なる努力に見合う存在になりたい。

クワイ＝ガンの居室にもどるとちゅう、見知った顔に会釈したり手をふったりしているうちに、近づいてくるボラに気づいた。すばやくわき道に入り、相手が通りすぎるのを待つ。ボラとは話したくなかった。壁に背を押しあててじっとしていると、小さな声が聞こえた。

「気をつけろよ、若き弟子《パダワン》」男の低い声は、あの図書室で昔の宴会場について語っていた声と同じだった。

「すみません、マスター、伯――いえ――」ボラは口ごもった。ぶつかりかけた相手の地位に確信がもてず、どう呼びかけてよいかとまどっているようだ。

わき道に入らなければよかったかも。そうすれば、ボラが恥をかいているところを見られたのに。角からのぞいてみると、黒いマントを着た、優美な銀髪の背の高い人影が、戸口の向こうに消えていくのが見えた。

だれだか知らないが、あの男は聖堂の歴史にくわしい。元老院議員かもしれない。聖堂で政治家の姿を見ることはあまりないが、まったくないわけではない。だが、クワイ＝ガンは当然ながら政治家を好まないので、オビ＝ワンは一度も会ったことがなかった。

というよりも、誰かに会うことはほとんどない。時々、クワイ＝ガンはどうして自分を弟子《パダワン》にしたのだろうと思うことがある。ジェダイの騎士は、必ず弟子《パダワン》をとらねばならないというわけではない。試練《トライアル》に合格した訓練生《ヤングリング》を弟子《パダワン》として選ぶとき、そこには常にフォースの導きがある。クワイ＝ガンはどうしてぼくを選ぶことになったのだろう？　友人たちとそのマスターの組み合わせは、どれも筋が通っている。オビ＝ワンとクワイ＝ガンには、共通する部分がほとんどないように思えた。

ジェダイの騎士たるクワイ＝ガンに、問いを投げかけることは許されていない。しかし、ぼくが弟子《パダワン》になる以前に習得済みのこと以上をクワイ＝ガンに求められたことは一度もないと思う。

実際、クワイ＝ガンに強いられるのは、めい想だけだ。騎士《ナイト》になるには多くの道があるが、めい想がそこに含まれないことはほぼ確実だ。では、めい想に夢中になっている騎士《ナイト》が、わざわざぼくを弟子《パダワン》に選んだのはなぜだろう？

少なくとも、この任務にはもうひとついい面がある。このシャトルには、ふたりぶんのめい想スペースはない。そして、船のシステムを信頼せず、経路図から目をはなさずにいたいと主張すればいいだろう。

自室にもどり、手早く荷物をまとめる。クワイ＝ガンの荷造りもすべきだろうか。だが頼まれてもいないことを率先してやるのは、いささか性急すぎるように思われた。それに、たいして時間がかかることでもない。ジェダイの持ちものはごく少ないのだ。ライトセーバーと少しの着がえだけである。スープの一件のせいで、着がえは一枚しかない。少なくとも、ベルトにつけたポーチをようやく活用できるだろう。

ほかに準備することもなくなり、まだ食事をしていないことに気づいた。ボラとろうかで出くわしはしたが、弟子《パダワン》用の食堂を避ける必要はない。今度こそ、置き去りにされたように感じる恐れもなく、友人と会えると期待していいだろう。やっと任務を得たのだ。ボラや百匹の悪魔イカをもってしても、この興奮と希望を奪われることはない。

CHAPTER 4

オビ＝ワンはうきうきと弟子《パダワン》用の食堂に向かった。繁忙時以外はたいてい、そこで食事をとる弟子《パダワン》の姿を見ることができる。思ったとおり、ボラ、プリーをはじめ、数名の弟子《パダワン》がテーブルを囲んでいた。いずれも、幼いころからともに訓練を重ねてきた仲間だ。食事をとるというよりは、みんなシリ・タチに向かって熱心に身を乗りだしてしゃべっている。

オビ＝ワンはなんとか笑みをおさえ、プリーのとなりにすわった。

「ああ、来たのね」シリは言い、不安げに眉を寄せた。

「ぼくに会えてそんなにうれしい？」オビ＝ワンは笑いながら言った。

「マスター・クワイ＝ガンに聞いた？」シリがたずねた。

「ぼくたちの任務がキャンセルでもされたの？」そんなことでもされたらオビ＝ワンのあらゆる希望は、かつてこっそり聖堂のてっぺんに登り、そこから落とした氷のかたまりのように、はるか下の地面にたたきつけられ、粉々に砕けちるだろう。

「何の話？　任務って？」

「任務に出るんだよ！　探索の――いや、待てよ、じゃあ、君たちは何の話してたの？」

プリーはいごこち悪そうに身じろぎした。幸い、新たなペットである悪魔のイカの気配はなさそうだ。「あなたのマスターはまた評議会と一戦をまじえたの。わたしのマスターが全部話してくれた」

「また？」それはまずい。自分のマスターに評議会ともめてほしくない。それに、任務に出たあとのクワイ＝ガンの機嫌にも関わるかもしれないのだ。

「〝失われた者《ロスト》〟に加わるって聞いたぞ」ボラが触角をぴくぴくさせながら言った。

「そんなことはありえない！」ここがスパーリング・ルームなら、ボラに対して感じた敵意をもう一度ぶつけてやれるのに。

「黙ってて、ボラ」シリがたしなめた。「ヴィジョンを見たのでもないかぎり、ジェダイの騎士の将来を憶測してはいけないよ」

ボラは顔をしかめた。このローディアンとはうまくやれたためしがない。訓練生《ヤングリング》時代は、別のグループで訓練を受け、たがいに競争心を燃やさずにはいられなかった。そしてボラはさっき、スープの攻撃をしただけでなく、オビ＝ワンをウーキーの抜け毛にたとえたこともあるのだ。そのどちらも、忘れることも許すこともできないだろう。

いや、ジェダイならそういった感情は解きはなつ。それが義務だった。

「心配するな」ボラが言い、オビ＝ワンは怒りを解きはなとうとほほえんだ。「いつだって、キッチンにはおまえの居場所があるよ、そこで暗殺者を防いでいればいい」ボラが薄く笑うと肩が揺れ、触角もピクピクと動いた。こいつへの嫌悪感はけっして忘れないぞ、とオビ＝ワンは心に誓った。

「キッチンに警備が配されることなんてないよ」プリーがたしなめた。擁護しようとして続けた声は優しかったが、このうえなく脅しが効いていた。「クワイ＝ガンがいなくなれば、あんたは別のジェダイ・マスターにあてがわれるだけ」

シリはうなずいた。シリとぼくは、子どものころからずっと親しかった。その親しさが今は恋しい。わんぱくだった仲間の全員が恋しかった。ひときわ騒がしかった授業中に、〝ゆかいなわんぱく団め〟と、マスター・ヤドルがため息まじりにつぶやいたものだ。「それも悪くはないかもね。あなたにもっとぴったりのマスターなら」

ぼくの苦労は、誰の目にも明らかなのだろうか？　オビ＝ワンは首をふった。「マスター・クワイ＝ガンはどこにも行かないよ。ぼくたちの任務におもむくだけだ」

「マスター・ドゥークーとともに行くことになれば、別だけどね」ボラはさりげなくその名を口にした。まるでガス弾を落とされたかのように、へやの空気は吸えないものへと変わってしまった。

「そんなことをするはずがあるか？」

「マスター・ドゥークーは、ここにいる。この聖堂に。さっき出くわしたんだ。彼の元弟子《パダワン》が評議会ともめているときに来るというのは、意図的なものだと思う。ドゥークーはたぶん迎えに来たんだろう」

オビ＝ワンは急に、通路でちらっと見た男の正体に気づいた。政治家ではなかったんだ。伯爵だ。かつてはジェダイだったが、それをやめて〝失われた者《ロスト》〟となった伯爵。オビ＝ワンのマスターを訓練した伯爵。クワイ＝ガンが以前のマスターを悪く言うのは聞いたことがない。むしろ、尊敬と賛嘆をこめて話していた。

「伯爵はここに何度も来ている」シリは腕を組んで言った。「今でもときおり評議会に出ているの。もう評議会の一員ではないからといって――」

「もうジェダイでもない」ボラが口をはさんだ。

「――ここで歓迎されていないということにはならない。深い意味はないよ、オビ＝ワン」

「おれはあると思うね。マスターと弟子《パダワン》は似るものだ」ボラがさえずるような声で言った。

「マスター・クワイ＝ガン・ジンは、決して騎士団《オーダー》を離れない」オビ＝ワンは怒って立ちあがった。マスターに対する中傷への怒りだ……だが、クワイ＝ガンが絶対に離れないと自分は断言できるのだろうか？　自分にとってクワイ＝ガンはまだ謎の人物である。実際、評議会とはしょっちゅうもめているのだし、クワイ＝ガンのマスターが騎士団を去ったのは事実だ。弟子《パダワン》たちに詳細を知る者はいないが、それはジェダイ・マスターの問題であって、弟子《パダワン》には関わりのないことである。では、クワイ＝ガンも同じ思いだとしたらどうだろう？　同じような理由で？

ボラは肩をすくめて繰りかえした。「マスターと弟子《パダワン》は似るものだ」

オビ＝ワンは急いでへやを出た。ここに来たことすら悔やまれる。クワイ＝ガンはドゥークーの弟子《パダワン》ではあったが、ぼくはクワイ＝ガンの弟子《パダワン》だ。もしもクワイ＝ガンが〝失われた者《ロスト》〟に加わったなら、ぼくはどうなるんだろう？

ボラがあとを追って、ろうかに出てきた。「聞けよ、ケノービ。意見の食い違いがあったのはわかってる」

オビ＝ワンはまだ赤くはれている手首をあげてみせた。「おまえは生きた悪魔イカをスープに入れた」

ボラは鼻で笑った。「愉快だったな！　おい、愉快だったって認めろよ」

認める気なんてさらさらなかった。今後は、生きたものや触手が入ってないかをまず確認してからでないと、スープを食べられないだろう。スープは大好きなのに。

「気楽にやれよ。おまえはいつもまじめすぎる。昔は冗談が得意だっただろ。負けず嫌いだったしな！　訓練ではいつもこっちを下に見ていた」

「そんなことはない！」

「あったさ。まあ、それは別の話だ。おれのマスターがしゃべってるのを耳にしたんだ。おまえのことをね。その情報は、おまえも知っておくべきだと思う。とくに、クワイ＝ガンがかつてのマスターとともに行くと判明したらな」

ボラをじっと見つめ、マスター・ドゥークーの声を耳にしたときに感じた、超然とした冷たさを出そうとしてみる。騎士団《オーダー》を離れた今も、ドゥークーは〝マスター〟なのだろうか。〝失われた者《ロスト》〟のひとりというよりは、マスター・ドゥークーとして考えたい。そのほうが、ドゥークーとクワイ＝ガンのつながりを考えたときの恐怖がおさえられる気がする。「じゃあ、重要な情報って何なんだ？」オビ＝ワンは強い口調で言った。

「マスター・クワイ＝ガン・ジンがおまえを選んだんじゃない」

「何だって？」

「選ばなかったんだ。試練《トライアル》のあとで」

地面がぐらりとかたむいた気がした。「何の話だ？　選んだに決まってるじゃないか」

ボラは宝石のように光る緑色の頭をふった。「ヨーダが、おまえを割りふったんだ」

「でも……そんなしくみじゃない。マスターは自分の弟子《パダワン》を選ぶ。弟子《パダワン》をとると決めたとき、適切な弟子《パダワン》に導かれるんだ。フォースに引き合わされた師弟は、おたがいに学びあえる。おまえも知っているはずだ」だが、いくらボラの話を否定しようとしても、心のどこかではすでに、それが真実だとわかっていた。

「普通はそうなってるさ。だが、おまえの場合はちがう。クワイ＝ガンはおまえを選ばなかった。ヨーダがそうさせた……弟子《パダワン》にとるよう頼んだんだ」

この情報をどう受けとめればいいんだろう。しょっちゅうぶつかりあう相手ではあるが、ボラはうそつきではない。通路がぐるぐる回っているような気がする。フォースは、ぼくを弟子《パダワン》にとるようクワイ＝ガン・ジンを導いたのではなかったんだ。弟子《パダワン》をとりたいとも思っていなかったのか？　ヨーダが評議会という地位を使ってそうさせたわけか？　クワイ＝ガンがいつも困っていたのも当然だ。そもそも、ぼくを訓練したくなかったわけだし、ぼくはかなり出来が悪いんだから。やりきれない思いにかられる。ぼくは、マスターをいらだたせるやっかいな存在なんだ。ぼくが頼んだわけでも、計画したわけでもないのに。

だけど、そもそもなぜぼくはクワイ＝ガンに割り当てられたんだろう。もしかしたら、評議会はクワイ＝ガンが自身のマスターのように離脱しようとしていることを知っていたのか。そして、聖堂につなぎとめる新たな方法を見つけ、考えなおさせるまでの時間かせぎをしたのかも……。

「どうしてそんな話を聞かせる？」オビ＝ワンは尋ねた。

「それを知ってれば、うまくいかなかったときに、自分が悪いわけじゃないってわかるだろ」

ボラは長い指をした手をオビ＝ワンの肩に置いた。「仲がいいわけじゃなかったのは認めるが、おまえが仲間うちでいちばん優秀なのは確かだ。だからこそ、仲よくなれなかったんだろうな」

ボラはうす笑いをもらした。「心配するな——たとえマスター・クワイ＝ガンが〝失われた者《ロスト》〟に加わっても、おまえの評価は下がらないよ」ボラはほかの弟子《パダワン》のもとに去っていった。オビ＝ワンはひとり、暗い通路に残された。


オビ＝ワンはいつのまにか、クワイ＝ガンの居室の前にもどっていた。考えこみながら、ドアの前を歩きまわる。クワイ＝ガンと話して安心したいが、その恥ずかしさに耐えられない。クワイ＝ガンは常に穏やかで賢明だ。自分がまた訓練生《ヤングリング》にもどったような気がした。足をもつれさせて歩きながら、まともな扱いを必死に求めるような存在に。

何と言えばいいのだろう。内心を打ち明け、安心させてもらうのか？　クワイ＝ガンは寛大でどんなときも親切だが、率直な答えを引きだすのが難しいことでも知られている。ぼくを訓練したいのですか、騎士団を離脱してドゥークーのもとに行きたいのですか、などと直接的な問いを投げかけても、たぶん不可解な答えが返ってくるだけだろう。

たとえば、こんなふうに。〝自分の感情をさぐって答えを見つけよ〟あるいは、〝そんな疑問をいだくということは、自分自身の心や、自分とフォースとのつながりについて見えてきているということではないか？〟

悪くすると、〝それについてめい想しろ〟と言われるかも。

最悪の場合、クワイ＝ガンは、ぼくたちの任務のためではなく、聖堂を永遠に離れるための荷造りをすることになるかもしれない。

ちがう。そんなことは起こらない。すべて、ぼくの思いどおりに進むんだ。ぼくにはこの任務がどうしても必要だ。銀河に出て、クワイ＝ガン・ジンのそばで働き、学び、ジェダイ騎士団のためにフォースを活用するチャンスなんだ。それがぼくの望みであり、ずっと願ってきたことだ。願いが強すぎるあまり、フォースの導きを妨げているのではないかと恐れることもあるくらいだ。

なぜなら、最も恐れているのは、もしかして、ぼくは弟子《パダワン》としてふさわしくないのではないか、ぼくの運命は騎士《ナイト》になるよう定められてはいないのではないか、ということだからだ。それでも騎士になる運命を求めつづけていては、フォースそのものに逆らうことになるのではないだろうか。

ボラに的確に指摘されたせいで、すべての恐れがさらけだされた。もう一度、ドアを見る。ドアの向こうに、ぼくに必要なすべての答えがある。ぼくに与えられるべき答えが。

その答えを知るのが怖い。

旅のあいだに、クワイ＝ガンと話すひまはたっぷりあるだろう。今、わざわざ時間をとってもらう必要はない。クワイ＝ガンがジェダイからの離脱を本当に考えているとしたら、この任務は彼にとっても必要なものかもしれない。騎士団における立場と、フォースに対する義務を再認識することになるだろう。

航路の先に、価値あるものが何かあるのかもしれない。だが、それはかなり怪しい予想だと感じた。

CHAPTER

6

オビ＝ワンは眠れなかった。ひとりでいられるよう、弟子《パダワン》の食堂には朝早く行ったのだが、おかしなことに、実際にひとりになるとがっかりした。本当は、シリの最新の任務や、悪魔のイカに関するプリーの新発見について聞きたかった。試練《トライアル》を受けて弟子《パダワン》になる前に、ともにすごした時代の友情が恋しい。

食べ物をつついて食べる。触手をもつものはなかったが、それでも全部がのどにつかえた。緊張で胃が痛い。任務を思いついたのはぼく自身なのに、まちがいかもしれないと恐れずにはいられない。すべてがだいなしになってしまうかもしれない。

でも、そうじゃない。これは、外に出てフォースを使い、ジェダイの騎士として生きるための訓練ができる本物のチャンスだ。

そうしたいと思っていたはずだ。

そうしなければいけないと。

朝食の残りを捨てた。もう何も食べられそうにない。まだ静かな聖堂の通路を急ぎ、いくつもの階をのぼって、格納庫《ハンガー》に向かった。

時間が早すぎて、あまり活気はない。昨日用件を話した相手、メバ・フォノックスという名の親切そうなオートラン[*4]の女性が、青色の長い鼻をふりながら、ひとり乗りの船ですぐそばまで飛んできた。腕をもたないオートランは、すべての作業を二本の足でこなす。したがって、船で働くには、その二本の足を空けておく必要がある。オートランの驚くべき器用さは有名で、機械工《メカニック》から音楽家、外科医、芸術家にいたるまで、さまざまな職業についている。

「さあ、どうぞ!」メバが言った。「何もかも、準備はできてるよ。ただし、疑問が残らないように、飛行前の準備をもう一度確認しておきましょ。T-5シャトルを飛ばしたことはある?」

オビ=ワンはうなずいた。「一度あります。訓練で飛んだだけですが。でも、マスター・クワイ=ガン・ジンがいっしょに行ってくれますから」

メバの大きな耳がひらひらと上下に動いた。オートラン流の、肩をすくめるしぐさだ。「いいね。それに、アストロメクも行くよ。何だって飛ばせるドロイドだよ」

「役に立つ能力ですね」

メバはシャトルに案内してくれた。薄い灰色のシャトルで、操縦士や航海士が向きを確認できるよう、大きな半円形の翼には緑色のマークがついている。翼は船体の周囲を回転するつくりになっていて、着陸やドッキングの際には適切な位置に移動できる。今は翼が水平位置にあるが、飛行中は垂直に移動し、コックピットの外、エンジンの上で流線形をとる。

コックピットそのものは、ふたりには余裕のある広さで、操縦士と副操縦士の席に加え、乗客の座席がいくつか備わっている。輸送用シャトルだから、武器システムはない。とはいえ、そんなものが必要になる事態は想像できなかった。

「いい船だよ」メバは一本の足で船体を愛情をこめてたたいた。「T－6よりはせまいけど、あなたの目的にはぴったり。この船ならひとりでも星間に旅立てる。どこでも行きたいところに、安全に連れてってくれますよ」

緑色のドームに黒と銀の胴体と足を備えたアストロメクが、陽気な信号音を鳴らしながら転がってきた。ドロイド言語《バイナリー》はよく理解できなかったが、どうやら出発の準備ができているらしい。オビ＝ワンは身をかがめ、ドロイドの目の――いや、光受容器の高さに目を合わせた。

「こんにちは、オビ＝ワン・ケノービです。君の名は？」

メバは笑った。「そんなにていねいに相手をしなくても。ぞんざいに扱ったからって、ドロイドに殺されることはないからね」

「ええ、でも、だからといってぞんざいに扱う必要もないでしょう」

ドロイドはまた楽しげに信号音を鳴らした。名前はA6‐G2《エーシックス》だという。「エーシックスだね。エースと呼ぼう。よし、エース、君をプログラムしようか」。オビ＝ワンはしゃがんで、ドロイドのデータスロットにデータカードを入れた。待機状態を示すライトが点滅し、信号音が鳴ってプログラム完了を告げる。オビ＝ワンはドーム形の頭をポンとたたいた。「いっしょに仕事できるのが楽しみだよ」

A6‐G2は転がっていき、積載タラップをのぼって船内のコックピットに接続しにいった。準備は万全だ。航行前のチェックリストはすべて完了し、アストロメクのプログラムも終わっている。あとは、クワイ＝ガンを待つだけだ。

メバは近くに停泊する補給船の在庫チェックに呼び出され、手をふりながらオビ＝ワンの任務の成功を祈ってくれた。同じことを祈りつつ手を振りかえしてから、格納庫《ハンガー》のとびらを見つめて待った。

じっと待った。

待ちつづけた。

A6‐G2は船内から何度も信号音を鳴らし、新たな出発時刻にあわせて航行計画が調整されることを知らせてくる。出発時刻の計算の調整が5回目となったころ、オビ＝ワンの鼓動は早まり、呼吸ができないほど胸が苦しくなった。

クワイ＝ガンは、単に遅れているんじゃない。来ないんだ。

騎士団《オーダー》の規則を厳格に守るような人ではないかもしれないが、クワイ＝ガンがこんなに遅刻したことは一度もない。理由があるはずだ。壁に設置された聖堂の通信システムを使い、クワイ＝ガン・ジンの居室に接続する。そこにいれば返事があるだろう。かなり長いあいだ、接続したままにする。なんらかの理由でまだ眠っていたり、具合が悪かったりしても、返事できるように。

だが、返事はなかった。居室にも、格納庫《ハンガー》にもいない。何か変更があったという連絡もなかった。胃に穴があきそうな痛みは、激しさを増すばかりだ。

できるだけさりげなく、メバのもとに歩いた。メバは身体をはずませたり鼻歌を歌ったりしながら、もうほとんど使われていないモデルの古い戦闘機、ヴェクターの修理をしている。「すみません、マスター・ドゥークーの船は出発したかどうかごぞんじですか?」

「おや！　まだここにいたの。ええと、伯爵の船ね?」メバはデータパッドを調べた。「昨夜遅くに出発したようね」

クワイ＝ガンの居室のドアを見つめながら、中に入って答えを聞くかどうか迷っていたとき、ドアの向こうはすでに無人だったのだろうか。クワイ＝ガンは本当に、ぼくに何も言わずに出ていったのだろうか。さよならのひとこともなく。

マスターがいなくなったことに、ぼくが気づかないなんてことがあるだろうか。ぼくはそれほど哀れな存在なのか。クワイ＝ガンが迷わず置いていけるような弟子《パダワン》であるだけでなく、恐怖と不安で感覚がにぶり、へやが無人であることもわからなかったのか？

オビ＝ワンは冷静な表情をくずさないように努力したが、それはめい想と同じくらい難しかった。「ドゥークーはだれかを連れていったでしょうか？」

メバの耳が垂れさがった。困惑を示すオートランのしぐさだ。「知らないね。記録をとっているのは、ジェダイ以外の船で来た来航者だけで、出航者は記録していないの」

「そうですね、それはもっともです。ありがとう」平静を装うあまり、声が上ずった。心の中は平静とは真逆なのに。シャトルにもどる動きもこわばってぎくしゃくし、脳と手足がうまくかみあっていないようだった。シャトルに乗りこむと、姿を見せないもうひとりのジェダイを迎える準備が整っているか、再度確認した。

もし、クワイ＝ガンが本当に〝失われた者《ロスト》〟に加わり、ドゥークーが昔の弟子《パダワン》を迎えに来たのだとしたら、どうだろう。クワイ＝ガンは前日、誰かの到着を知らされていた。まちがいなく、マスター・ドゥークーのことだ。それから、クワイ＝ガンは評議会と言い争いになった。おそらく、自分の選択を報告したのだろう。

クワイ＝ガンがそんなことをする理由はまったくわからない。評議会と意見は一致していなかったとはいえ、クワイ＝ガンはジェダイの道に誰よりも深く関わっているように思えた。道の歩きかたが少々異なっているだけだ。だからといって、道を離れることにはならないだろう。

だけど、もしクワイ＝ガンが本当にいなくなったら、ぼくはどうなるんだ。騎士団に背を向け、フォースに導かれた道を拒否したジェダイにとちゅうまで訓練を受けた弟子《パダワン》を育てようとするジェダイなんているだろうか。ジェダイ・マスターたちを渡り歩き、だれの弟子《パダワン》にもなれず、自分自身を見つけられないでいる未来が思いうかんだ。シリは間違っているかもしれない。師弟関係を壊してしまったのがぼく自身だとすれば、別のマスターならぴったりとうまくいくなんてことはありえないんだ。

胃をよじるような恐怖と不安に、確信が強まる。つまりは、この恐怖と不安そのものが問題なのだ。失敗を恐れ、自分の不完全さを恐れるあまり、このごろはフォースに耳をかたむけられずにいた。

失敗したくない。ジェダイの騎士になりたいと強く願うこと自体が、ある意味でまちがいだともわかっている。フォースの呼びかけには何でも素直に応じるべきなのだ。たとえ、それが騎士団に加わることでなくとも。弟子《パダワン》のほとんどが騎士《ナイト》の称号を勝ちえるが、まれに例外もあった。ぼくは、騎士に向いていないとフォースに告げられるのを恐れているのだろうか。

ジェダイの騎士以外のものになることを考えただけで、静かな絶望に包まれた。銀河の助けとなりたいという願いを達成する方法はほかにもたくさんある。それは重々わかっていながら、この道を望んだのだ。ぼくのために用意され、物心つく前に決められた道だ。もしも失敗して、この道が閉ざされたら、ぼくはどうなるのだろう。

クワイ＝ガンは騎士団を去ったのではないかもしれない。クワイ＝ガンの居室を訪れたとき、マスターはめい想に没頭していて、通信の呼び出しにも弟子《パダワン》の激しい動揺にも気づかなかったのかもしれない。だがそれは、クワイ＝ガンがぼくに会おうとせず、ぼくの連絡を無視して、この任務を放棄することを選んだということだ。

そして、クワイ＝ガン・ジンのように直感力のあるジェダイが、この任務にそそられなかったとしたら、ぼくを導いているのはフォースではないということになる。疑っていたとおり、クワイ＝ガンはぼくに調子を合わせていただけだったと判明した。マスターは、ぼくがまだ受けいれていない事実をひそかに知っていたのだ。ぼくがフォースと真のつながりをもつことはない、ということを。ジェダイ騎士団がそれに気づき、ぼくを本来あるべき場所に配するのも、時間の問題にすぎない。

〝めい想はちゃんと仕上げたほうがいいぞ！〟将来、弟子《パダワン》たちが言いかわす姿が思いうかぶ。〝オビ＝ワン・ケノービのように、聖堂から追い出されるはめになりたくなかったらな！　やつが物陰にしゃがんでドアを見つめ、戻る機会をうかがっているのが見えるだろう〟ぼくは反面教師として、フォースに必要とされていないときにフォースとつながろうとするのは無益な行為であり、失敗と恥を招くだけだという警告を与えることになるのだ。

想像しただけでも、焦りで汗がふきだす。これもまた、フォースを信頼していない証拠だ。フォースを真に信頼しているなら、銀河に奉仕する手段はたくさんあると受けいれられる。

オビ＝ワンはいらだち、迷いながらうめいて、弟子《パダワン》の三つ編みを引っぱった。今、ぼくには導きが必要だ。助言が。マスターが必要だ。

なのに、ぼくはひとりでここにいる。

Ａ６－Ｇ２が楽しげな信号音を鳴らし、調整した出発予定時刻を大幅に過ぎていることを知らせた。それにともない、さらにもう一度、航路を調整するという。

自分でも信じられないことに、いつのまにかオビ＝ワンは副操縦席から操縦席に移動して、シートベルトを締めていた。メバが教えてくれたとおり、このシャトルはひとりで完全に操縦できる。飛行前のチェックリストに目を通し、A６‐G２が新たな出発時刻に基づく正しい航行計画をたてたことを確認してから、点火装置に手をかけた。

今までやってきた無謀で反抗的な行動のどれよりも、はるかにひどい。評議会の前に出され、厳しくとがめられる可能性がある。それだけではすまないかもしれない。教えられてきたことすべてに逆らうのだから。だが、これをやりとげたいという強い思いはおさえられない。うまくいけば、弟子《パダワン》としての資質を証明し、自分の中にフォースの働きがあることを示せる。もし失敗に終われば、自分には本当にジェダイの騎士の素質がないとわかる。フォースをめぐってゆく旅は、弟子《パダワン》の段階で終わりを迎えることになる。

いずれにせよ、進むべき道はついにはっきりしたのだ。道筋は定まり、明確になった。

オビ＝ワンはシャトルの動力を入れ、格納庫《ハンガー》を飛びたった。背後でコルサントが小さくなっていく。弟子《パダワン》として聖堂を離れるのは、これが最後かもしれない。だとしても、それでかまわない。

＊4　ゾウのような耳と鼻を備えた青い肌の種族。ジャバの宮殿にいたマックス・レボという名のミュージシャンがこの種族である

CHAPTER

7

「それでかまわないって？」オビ＝ワンはひとりごち、頭皮が痛くなるくらい三つ編みを強く引っぱった。「それでかまわないのか？」こんなことすべきじゃなかった。まちがいだ。後方でコルサントは光る点となり、前方には漆黒の宇宙空間が広がっている。自由にあふれているが、その自由は可能性というよりも、ひとつの終わりのように感じられた。

目を閉じ、呼吸と脈拍を整えようとする。クワイ＝ガンが教えてくれた方法だ。それは効果があった。呼吸の訓練ではなく、クワイ＝ガンを思いうかべたことが。そのおかげで心がいらだって、パニックはおさえられた。目を開け、A6‐G2から操縦を引きつぐ。あらゆる測定値と船の情報のチェックも続けた。

どこかがおかしい。妙だ。よくわからないことがある。その思いが頭を悩ませた。A6‐G2にスキャンさせたが、コンソールを通じて、船はあらゆる点で正常だという返事があった。それでも、つきまとう不安はぬぐいきれなかった。

やがてその違和感の正体に気づき、びっくりして笑いがもれた。ぼくがひとりになったのは、これが初めてだ。完全にひとりきりになったのは。

もちろん、カイバー・クリスタルの探索中に仲間とはぐれたことはあったし、ひとりでめい想をした――しようとしたこともあった。けれど、そんなときでも、すぐ近くに誰かがいた。通信機の向こうには相手がいたし、ドアの向こうや通路の反対側に人がいた。旅を終えれば、誰かが待っていてくれていた。

だが、今は？　ぼくはひとりだ。

陽気な信号音が聞こえ、完全にひとりではなかったと思い出す。とはいえ、ほぼひとりきりといっていいだろう。肩をゆすってみる。なのに、ぼくはまだ、となりにすわった教官にあらゆる選択を批評され、指導と修正を受けているかのように飛んでいる。ふいに興奮がわきあがり、まったく必要のないバレル・ロールをやってから、宙返り飛行に移った。ただそれをやりたいというだけで、何でもやれる。誰にもじゃまされず、自分の好きなように飛べるんだ。

A6－G2が心配と好奇心のいりまじった信号音を鳴らし、コンソールを通じて、航路を変更するのかという一連のメッセージを送ってきた。

「ごめんよ、そうだね。航路をそれるべきじゃない。君が正しいよ」自由に対するめまいがするような興奮はまだ残っている。その興奮をしっかりと抱きつづけることで、罪悪感と将来への恐怖をおさえ、前方の謎に向かっていった。ほかの謎はすべて後回しにして。

ハイパースペースへのジャンプは、短いものを二回行った。三回めの最後のジャンプの前には、慎重な操縦が必要だ。残念ながら、目的地に向かう飛行経路は複雑ではあったが、渦を巻くのに充分な時間があった。渦を巻くように楽しく飛ぶわけではなく、感情が渦を巻くのだ。怒りや反抗的な思い（もちろん、ぼくはこうするべきなんだ！）から、恥ずかしさや罪悪感（どうしてぼくはこんなことをやってしまったんだ？）にいたる感情が。

A6－G2が奇妙な信号について警告してきたときには、かなりほっとした。集中するためには、別の何かが必要だ。ぼくたちふたりは深宇宙にいる。近くに惑星はない。居住可能な星もなく、ぼくがもつ記録にも何も記されていない。

「どんな信号？」

A6－G2が信号の座標を伝えてきた。飛行経路からさほど遠くはない。近づいてみると、救難信号だとわかった。A6－G2はビーコンの位置をひろっただけで、具体的な内容は読みとれていない。

オビ＝ワンは、興奮している自分に罪悪感をおぼえた。誰かが困っているというのに、自分が救ってやれるという考えに興奮すべきではない。だが、そうせずにはいられなかった。ぼくはついに良いことをするんだ！　もしぼくがこの船を盗んで――いや、借りていなければ(許可は得ていたが、ややあいまいな状況であった)、このビーコンの信号をひろう者はいなかったはずだ。この信号はいつまでも宇宙の虚空を漂いつづけ、希望を抱きつつも決して返事をもらえないまま、どれほど長い時を過ごすことになっていただろうか。

オビ＝ワンは想像をふくらませ、何が信号を出しているのかを考えた。航路を外れ、エンジンの機能を失った船。悲惨な事故の唯一の生存者を乗せた脱出ポッド。遠い昔に失われた文明の遺物。

ついに、目標が見えた。それは、何もない宇宙空間に浮かぶひとつのビーコンだった。残骸も破片もなく、予備のボルトすらない。送信機を備えた小さな球体が、忍耐強く赤い光を点滅させているだけだ。

「誰が残したんだろう？」オビ＝ワンが尋ねた。

A6‐G2はあいまいな信号音を鳴らした。このドロイドのプログラムに推測は組みこまれていない。スキャンをひととおりかけて、有害なものではないと確かめると、それを船内に入れるようA6-G2に指示した。飛行中にコックピットに持ちこむ方法はないが、船の下側の小さな保管庫に入れれば、着陸するまで安全に保管できる。A6-G2はビーコンの真上に船を飛ばし、磁気鉤を出してビーコンを引っかけ、保管庫に引きいれた。

「救難信号以外のメッセージは出してる?」オビ=ワンが尋ねた。

A6-G2は、実際にビーコンに接続するまでは、それ以上の情報は得られないと伝えてきた。

オビ=ワンはため息をついた。熟練した者の手を要するような緊急事態ではないことには感謝すべきだろう。どんな遭難であれ、それはもう存在しない。少なくとも、近くには存在しないのだ。「あとで調べよう。ここでほかにすることはなさそうだ。経路にもどってくれ。最後のハイパースペース・ジャンプ地点はもうすぐだ」

ぼくを誘ってきたビーコンは、結局は何も見せてくれなかった。これが今後のできごとの予兆でなければいいんだけど。だが、この何のへんてつもない寄り道は、何かの前兆だと感じずにはいられなかった。

＊＊＊

光が点滅しはじめたとき、男は操縦席で眠っていた。目を閉じ、いつもの夢を見ているときですら、その点滅と引力を感じることはできた。

その予兆を。

驚いて目をさまし、情報を確認する。交易ルートでもなく、居住惑星の近くでもない位置の探査機からの移動通知だった。探査機が動くのは、そこにだれかがいるということだ。

ほかの連中が近づかずにいられないのはわかっている。離れてなどいられないはずだ。おれをあの惑星から引き離し、生気のない岩の上に置きざりにして、そこを新たな故郷にしろ、そこで栄えろと言った怪物ども。そんなことができるものか、あれを置いてこさせたくせに。おれと同じ、深い喪失感をおぼえていないとでもいうのか。

できるかぎりすばやく逃げだし、銀河に自分の道を見つけた。手助けしてくれる者を誘いだすために、適切な場所で自分の話を語った。

成果を要求されても、忍耐づよくいられた。ずっと確信していたのだ。自分を捕らえた者のだれかが、おれから引き離したものの元へふたたび戻ろうとすることを。やつらが置いていったものの元に。

だれかが座標を保存し、戻っていく道を守っていたのだ。やがておれもそれを見つけるだろう。やつらはひとりじめするつもりかもしれないが、おれをいつまでも閉じこめて、失ったものを取りもどさせずにおくことなどできない。

男は通信システムを立ちあげた。

「はい？」低い声が聞こえた。さぐるような疲れた声は、まるでこっちが相手の考えを気にしているとでもいうようだ。

「乗組員を集めて、船を準備してくれ。いい予感がする」

「成果を見たいもんだな」

「できるさ」

それはうそだが、そんなことはどうでもいい。男はまたたく光を見つめた。無力だった空虚な長い年月、願いつづけてきたすべての予兆となるものだ。何者かが探査機を正しい場所に運んでいるのか、それとも彼らは最後の通信を送っておれを導こうとしているのか、確かなところは不明だ。それでも、なぜかおれにはわかる。感じることができる。ついに、やっと。

おれは故郷に帰るのだ。

CHAPTER

8

オビ＝ワンは、衝撃ではっと目がさめた。

「何があった？」A6‐G2の返答を待ったが、コックピットの外を見れば、すぐに答えはわかった。船がハイパースペースから出たのだ。それだけなら問題はない。だが、船はまっしぐらに巨大な小惑星帯に飛びこもうとしていた。見わたすかぎり、岩や氷のかたまりが散らばっている。その向こうには——下にも、上にも、どんな方向にも、何も見えない。オーラの記録では何もふれられていなかったが、あの惑星の彫刻が無数の小さな点に囲まれていたことを思いだし、気分が落ちこんだ。ただの飾りだと思っていたのに。

この小惑星帯は、飾りなんかじゃない。

「エース！」小惑星のひとつが船にぶつかったので、経路を調整する。「危険のまっただなかに直接飛びこむぞって、ちょっと警告してくれればありがたかったんだけど。今後はよろしく。もっとうまくコミュニケーションをとれればよかったたな」

アストロメクの返事は意味不明だった。

「どういう意味だ？　センサーが何も感知していないって？　この目で見てるんだぞ！」ふたたび衝撃があり、金属がひどくきしんで船全体が震えた。「身体でも感じてる！」

Ａ６‐Ｇ２が繰りかえした。自分のセンサーは、小惑星をいっさい感知していない、と。センサーが感知できない以上、小惑星帯を抜けるよう誘導もできない。アストロメク・ユニットが船を操縦できるとメバは言ったが、とんでもない。この無礼なやつのせいで、死ぬはめになりそうだ。「君を怒らせるようなこと、したのかな？」その問いは、アストロメクをさらに混乱させただけだった。なだめるような余裕はない。

センサーもアストロメクも役に立たないようだ。視界と自分の図とを照合した。このフィールドを避ける方法はない。針路はここをまっすぐに突っ切っている。戻って迂回したなら、コースからどれだけ外れることになるだろうか。このあたりは宙図に載っていないから、針路を外れると悲惨な――死を招くような結果になりかねない。誰も助けることができないまま、たったひとり、宇宙で死にたくはない。

目的地は近い。そのはずだ。つまるところ、あの壁の惑星のまわりには、この恐ろしい小惑星帯もちゃんと描かれていたのだから。

オビ＝ワンはぎこちなく笑った。「シリだって、こんなことはしたことないはずだね。なんとか生きのびて、この話をしてやりたいよ」指の関節が白くなるほど操縦桿を握りしめ、全身の震えをおさえようとする。激しい震えのせいで、まわりの小惑星も揺れているように見えた。目に力を入れ、揺れを止めようとする。ちがう。小惑星は実際に揺れ、軌道を外れて……動いていた。宇宙に浮かぶ岩と氷のかたまりが、どうして動くのだ？　軌道を外れるのに充分な重力も、風も何もないのに。

オビ＝ワンは向きを変えて避けたが、動けば動くほど状況は悪化した。岩は次から次へと船を襲ってくる。この小惑星帯は、ぼくをからかっているんだ。ありえないことではあるが、そう判断するしかなかった。何をしても、どんな操縦をしてもむだだ。船はこれ以上耐えられない。ただのシャトルであって、大きな損傷に耐えるような設計ではないし、ぶつかってくる小惑星を攻撃する武器もない。引き返すか、切りぬけていくか選ぶしかない、しかも早急に。だが、この状況では、どちらを選んでも、船が崩壊するか、自分がバラバラになるかだろう。あるいはその両方か。

突然、激しい願望がわきおこった。けっしてうろたえたりしないクワイ＝ガンが、ここにいてくれればいいのに。クワイ＝ガンが優秀なパイロットだから、というわけではない。ただ目を閉じて深呼吸し、フォースを信じよと言うクワイ＝ガンの姿を想像できたからだ。でも、ぼくにそんなことができるだろうか。そもそも、それがフォースの望みなのかどうかもわからないのに。

それでも、自分の船が何百発もの宇宙ミサイルに崩壊されようとするさなかに、落ちついてめい想するクワイ＝ガンの姿を想像すると、笑いがもれた。笑うことで焦りが少しおさまり、クワイ＝ガンに教わったとおり、心を落ちつかせる深い呼吸をした。精神を静めることに全力を尽くす。これは訓練と同じだ。ライトセーバーで防がなければ撃たれてしまう、あの恐ろしいリモートの攻撃と同じなのだ。訓練では目隠しをしていた。実際に死ぬ恐れはなかったが、たいした違いはない。

念のため、目は開けておくことにした。しかし、クワイ＝ガンのような呼吸をして、わずらわしくも役に立つ訓練の一環だと想像すれば、落ちついて集中できた。障害物のあいだを縫うように、ひらりひらりと飛びはじめる。まるで、いっしょに踊っているかのように。

不思議なことに、オビ＝ワンが落ちつくと、踊りの相手たちの動きもおさまってきたように思えた。恐ろしい浮遊物はふたたび予測可能なコースに従ってただよい、かわすのは容易だった。

「小惑星帯がこんな動きをすべきじゃないとは思うけど」オビ＝ワンはつぶやいた。「ぼくは船を盗み、マスターもなしに勝手に任務におもむこうとしてる。こんなパダワンに、相手の動きを批判する資格はないよな」

Ａ６‐Ｇ２が愉快そうに信号音を発し、同意を示した。

「ん、そこかい？　船を盗んだってとこ？　それは記録に残さないことにしようよ」

共犯者の反応は、全部のスクリーンを空白にし、もとにもどすことだった。

「いい子だ」

このフィールドを抜けるのにどれくらいかかるだろう。頭がぼうっとして、ぐるぐると回転しているようだ。このフィールドと一体になって、ともに動き、調和のもとで存在しているような気がした。しかし、そう思ったとたん、疑問が浮かんだ。これはフォースなのか？　ぼくはフォースを使って小惑星を操っているのか？　ふたたび心拍数があがる。確かめようと、フォースをさぐり、つかもうとした。そうすれば——

突然、周囲のフィールドが混乱におちいった。オビ＝ワンは鋭い声をあげ、急速に速度をあげて、かろうじて脱出した。ほんの数秒前まで船がいた場所で、巨大な小惑星がふたつ、衝突したのだ。

「冷や汗ものだったね」ひたいの汗をふきながらつぶやくと、目にしたものにふたたび驚愕した。だが今回は、恐怖というより畏敬の念に打たれたといえる。

未知の惑星が目前にぬっと姿を現していた。黒くなめらかな広大な平原に浮かぶ、緑に覆われた宝石。コルサントも美しかった。夜、地平線に目をやるのが好きだった。焦点をぼやけさせると、惑星全体がきらめく星空のように見えたものだ。しかしこの惑星は、果てしなく続くコルサント市街とはまったくちがう。すべてが宝石のような色彩だ——生き生きとした青、甘美な緑、灰色ですらくっきりと鮮やかだった。こんな惑星は見たことがない。

たぶん、ウェイシーカーのオーラ以外には、だれも見たことがなかっただろう。それも、彼女が実際にこの惑星を訪れていたとしたらの話だが。オーラがなぜこの奇妙で近づきがたい惑星の研究を進めようといたのか、その理由を探るのが自分の任務だと思いだし、船のシステムを使ってスキャンを実行した。生命体の数値は大きく変動している。この惑星に生命体が存在すること以外、有益な情報はなかった。

「誰がいるのか見に行こう」オビ＝ワンはそう言って、謎の惑星を目ざした。どうか、行くだけの価値がありますように。ぼくの助けを必要とする者がいるとか、さらなる研究を求めたオーラの願いをかなえ、聖堂に何らかの益をもたらすことができるとか。本当にフォースがここに導いてくれたのだと思える何かがありますように。その答えは、まもなく明らかになるだろう。

CHAPTER 9

幸い、大気圏への突入はこの惑星にたどりつくことよりもたやすかった。薄い雲が虹色に輝いている。A6-G2が環境をスキャンし、オビ=ワンが呼吸できる大気だと確認した。暖かくて湿度は高いが、危険なほどではない。快適といってもよかった。まだ船に閉じこもってはいたが、ゆるやかな地平線まで見渡せるほど澄んだ空気に、呼吸が少し楽になったような気がした。

ぼくはコルサントが大好きだ。あそこで感じる興奮も豊かな多様性も、圧倒されるほどの喧騒も、何もかも。だが、この惑星はちがう形で生き生きとしている。地表に近づいて、地面近くを飛んで検分すると、植生の豊富さは驚くべきものだった。大半は緑色だが、深い青色のものも多く、鮮やかな紫色も交じっている。森林の低地は、濃い灰色に輝くいくつもの峰に区切られている。無数の岩が積み重なって柱のようになっていた。轟音を立てる水晶のような滝の横を通ると、その澄んだ滝つぼに船の姿がくっきりと映り……小惑星によって受けたあらゆる損傷が鮮明に見えた。

「対処しなきゃいけないな」オビ＝ワンは現実に引きもどされた。気の毒に、メバはひどくがっかりするだろう。とはいえ、格納庫《ハンガー》の技術者を失望させることなど、たいしたことではない。聖堂にもどったときには、もっと大変なめにあうはずだ。

オビ＝ワンはもう一度集中した。ぼくがここに来たのには、理由があるはずだ。それを見つけなければならない。地表を飛びながらじっと目をこらしたが、岩と木と水しか見えない——いや、あそこだ！　ごつごつと突きだした岩場にあるいくつかの丸いものは、自然のものではない。あれは建物だ。オビ＝ワンは向きを変え、まっすぐそこに向かった。

Ａ６‐Ｇ２の誘導のもと、集落の端に船を着陸させる。船の部品のようなものと石でつくられた家々は、岩を壊したり掘ったりはせずに、うまくバランスをとって建てられていた。粗雑で装飾性はないが機能的だ。船の部品をのぞけば、テクノロジーはまったく使われていないように見えた。

そのうえ、年季が入っている。見るかぎりでは、完全に放棄されているようだ。

見こみはなさそうだな。でも、手がかりがあるかもしれない。船内から出たオビ＝ワンは、タラップをおりるとちゅうで立ちどまった。何かが……おかしい。

いや、そうではないかも。でも、確かに、何かがおかしい。どうしてそんな気がするのかはわからないけど。すばやくA6-G2の測定値を再確認し、本当に呼吸しても大丈夫な空気であるかを確かめた。なんといっても、このアストロメクは小惑星帯を見のがしていたのだから。その言葉をうのみにするのは賢明ではないだろう。

確かに、胸がぎゅっと締めつけられるような感じだ。外でじっとしていると、何かの音がした。いや、音というほどではない。耳では聞こえないくらいの、ハミングのような音。とはいえ、自分の感覚も、エースの報告どおり、ここの空気は身体に必要な要件を満たしていると告げていた。

しかし、影響を受ける可能性のあるものはほかにもある。磁場や太陽放射、そしてパダワンである自分がまだ遭遇したことのない、既知のあるいは未知の脅威だ。「エース、センサーに反応はあったか?」

A6-G2が否定の信号音を鳴らしながらタラップをおりてきた。

「それなら、船の損傷を調べて、早急に修復すべき箇所がないか確認してくれ。それからあのビーコンが何を発信しているのか確かめるんだ。もしセンサーが異常を検知したら教えてくれ。ここで死んで、君をひとりぼっちにはしたくないからね。ぼくがいなくなったら、ひどくさびしいと思うよ」

ぼくはドロイド言語《バイナリー》を勉強しなおさなきゃいけないな、とオビ=ワンは思った。アストロメクは同意したが、その信号音にはかすかな皮肉が感じられたからだ。

A6-G2に仕事を任せ、オビ=ワンは村に近づいた。足もとの岩はでこぼこで、ここに飛んできたときに見たのと同じ、柱のような層をなしている。岩そのものはほぼ完全な六角形だ。すばらしい。これほど精巧な、幾何学的な驚異が、自然によってつくられうるのだ。

いちばんの高所にそびえ立つ岩の柱は、ジェダイ聖堂を思いおこさせた。おそらく、こんな岩がほかの惑星にもあって、聖堂の偉大な建築家にインスピレーションを与えたのだろう。だが、今は聖堂のことを考えたくない。帰ったときに何が自分を待ちうけているかも(場合によっては、何が待っていないかも)考えたくなかった。

「こんにちは?」オビ=ワンは呼びかけてみた。開けっぱなしの戸口から、誰かが顔をのぞかせることを願って。村人たちが大喜びして押しよせてくるかも。あるいは石を投げられ、「おれたちに構うな」と言われるかもしれない。いろんなことが考えられる。だが、返ってきたのは沈黙だけだった。いちばん近い家をのぞいてみる。こざっぱりとした簡素な家には、ここに誰かが住んでいたという痕跡はまったくない。どの家も同じだった。誰が住んでいたにせよ、あわただしく出ていったわけではないのだ。きちんと荷造りをしていったか、出ていったあとに掃除されたのだろう。いずれにしても、目にとまるものは何もなかった。パニックや暴力の気配はなく、幸いなことに病の痕跡もない。何が起きたのかを知る手がかりはまったく見あたらなかった。

オビ＝ワンは中央に立ちすくみ、うちしおれていた。地表をかなり飛んできたが、集落の形跡が目にとまったのはここだけだ。ほかに大きな都市があれば、船のスキャンが感知したはずである。通信もなく、ほかの船もない。何もなかった。助けるべき相手も発見すべきものもないのに、ここにいて何の役に立つというのか。この惑星は確かに美しいが、共和国にとって重要とは言いがたい。生命を維持できそうではあるが、コア・ワールドからも、アウター・リムの入植地からも離れすぎていて、新たな入植地候補とはならないだろう。さまたげとなる小惑星帯については言うまでもない。現地の動植物の調査に何週間もあてるわけにいかないのだ。

住民もおらず、貴重なもののきざしもないなら……たぶん、ウェイシーカーのオーラが覚書きを更新して新たな調査にのぞまなかったのは、調査する理由がまったくなかったからだろう。オーラはここに来て肩をすくめ、ふたたび去っていっただけなのかもしれない。聖堂の壁には、ただ試しに刻んだにすぎないのかも。ぼくは、ここに来て何も発見できなかった愚かなパダワンたちの、最新のひとりというわけか。フォースとうまくつながれず、この任務の愚かさを感知できなかったからだ。

オーラには悪いユーモアのセンスがあったのかもしれないし、好奇心は強いが芽の出ないパダワンを厳しく鍛えることで有名だったのかもしれない。任務に飛びつく前によく調べなかったツケが回ってきたというわけだ。

ここはただの惑星だ。マスターに逆らい、ジェダイ評議会の全員に背いたあげく、むだに終わってしまった。

オビ＝ワンはシャトルのそばにもどり、がっくりとすわりこんだ。A6－G2が信号音を鳴らし、軽い損傷の修復は一時間以内に終了し、すぐに出発できると告げた。

コルサントにもどる。格納庫《ハンガー》に着いて、クワイ＝ガンにどなられることか？　いや、クワイ＝ガンがどなるところは想像できないし、それが最悪だとは思えない。最悪なのは、評議会の前に連れていかれるときの、クワイ＝ガンの静かな失望に耐えることだろう。あるいは、もどったときにはすでにクワイ＝ガンの姿はなく、その名前はすでに〝失われた者《ロスト》〟の名簿に加えられていて、オビ＝ワンは聖堂の所有物の窃盗と騎士団《オーダー》全体への裏切りの罪により、テンプル・ガード[5]に逮捕されるとか。そんなことはありえない――それはジェダイのやりかたじゃない――とわかってはいても、想像することはできた。ある意味、耳を垂らしたヨーダが頭をふって、「尊敬には値せぬな、やつは」とつぶやく姿を想像するよりはましな気がした。

だが、それが本当に最悪の事態なのだろうか？　心の中では、そうではないとわかっていた。息もできない、胸が苦しくなるような筋書きは、帰りついたとき、自分がいなくなったことにまったく誰も気づいておらず、気にもとめていないと知ることだろう。騎士団での重要性は低く、フォースにおいての存在感もごくわずかだ。ぼくがいなくても、残念に思ってくれないどころか、気にもとめてもらえない。

ここでは絶対に死なない、とオビ＝ワンは心に誓った。ホーミング・ビーコン[6]を持ってこなかったのだ。クワイ＝ガンがいっしょなら、持ってきているはずだったのだが。ここでぼくがどうなっても、誰にも知られることはない。

ジェダイだけがぼくの家族であり、聖堂だけがぼくの家だ。ぼくがもどってももどらなくても、ジェダイたちはいつものように活動を続けるだろう。なんといっても、パダワンの死はめったにないことではあるが、絶対にないわけではない。パダワンのひとりが宇宙で行方不明になったり、何かに食べられたり、二度と姿を見せなくなったりしても、重大な影響はないのだ。

ぼくがいなくても、ジェダイ騎士団は問題ないだろう。だけど……ジェダイ騎士団がなければ、ぼくはいったい何者といえるだろう？

Ａ６－Ｇ２が信号音を鳴らした。安全に船で飛んで帰れるが、ただちに評議会に連れていかれるわけではないとしても、損傷の件はメバに説明しなければならないだろう。とはいえ、全力を尽くしてメバにわかってもらうつもりではいる。Ａ６－Ｇ２のプログラムをチェックし、死に満ちた宙域といったものを検知できるようなアップデートが必要かどうかを確認してもらうのだ。

「ビーコンの解析は帰りのフライト中にできるだろう。ここにとどまる理由はない」オビ＝ワンはため息とともに立ちあがり、ローブのほこりを払った。めまいがするわけではないが、めまいがしそうな感覚――理論的には考えられないあの感覚は、今もつきまとっている。この惑星には、奇妙な何かがあるのはまちがいない。だが、それは単に、旅を正当化するための何かを必死に求めているだけかもしれない。この岩山のふもとにある、緑の生命にあふれた森を探検する気力すらふるい起こせないのだ。そんなことをして、何になる？

「よし、エース。帰ろうか――」舌がもつれ、「家に」と言えなかった。ぼくの家は、まだあそこにあるのだろうか？

背後で口笛が鋭く鳴った。近くに何かの動きがある。くるっと振りむいた。ライトセーバーは起動させていないが、手には持っていた。万一、これから出会う動物が友好的でない場合に備えて。

だが、動物ではなかった。

岩のふもとで、木漏れ日の中に立っていたのは、ひとりの少女だった。薄い紫色の肌に白いそばかすが散らばり、頭もまっ白だ。身にまとった服は大きすぎたり、小さすぎたりしている。チュニックは二枚を合わせて一枚として着ていた。ブーツのひもには布切れを使っていた。オビ＝ワンと同じくらいの歳に見える。少女が見せたまばゆいほどの笑みに応え、オビ＝ワンも思わずほほえんでいた。

「やあ、こんにちは《ハロー、ゼア》」オビ＝ワンは片手をあげてあいさつした。

少女も手をあげた。そして合図を送ると、何者かがオビ＝ワンのライトセーバーをひったくり、ありえないほど高く宙返りして彼を飛びこえると、少女のとなりに着地した。盗人は少女にライトセーバーを渡し、木々の中に消えていった。

＊5　ジェダイ聖堂《テンプル》を守る、仮面をつけた屈強な護衛

＊6　位置を確認するための発信機。追跡用にも使われる。トラッキング・ビーコンとも

CHAPTER 10

オビ＝ワンは空になった手を見おろした。ライトセーバーを握っていた手。ぼくのライトセーバー、苦労の末に手に入れたカイバー・クリスタルを力の源とする、神聖なジェダイの武器。爆死の危険をかえりみず、この手で組み立てたものだ。そのライトセーバーが今、森に立つ謎めいた少女の手中におさまっている。

つまるところ、この惑星は思ったほど世界の果てではないのかもしれない。

「それはぼくのものだ、返してもらうぞ」

少女は笑い声を響かせ、森に駆けこんだ。

「クソッ」オビ＝ワンはつぶやいた。ライトセーバーはジェダイの一部だ。なのに、ぼくの一部が手の届かないところに去っていく。「ここを離れるな」とA6‐G2に叫び、少女のあとを追う。フォースを使ってジャンプを強化し、岩から跳んだ。不安のあまり、空を飛ぶスリルを感じる余裕もなく、少女のすぐそばに着地する。このあたりは木立のせいでほとんど日陰となり、気温はいくらか低い。林床は鮮やかな青い苔に覆われ、ところどころに、水差しのようなふくろをもった明るい青色の植物が芽ぶいている。風にそよぐ植物は、アンテナに似た繊細な葉を広げてはたたんでいた。

少女が向きを変え、オビ＝ワンから離れて木々のあいだを駆けていくと、全部の葉がすぐにたたまれた。オビ＝ワンはフォースを使ってライトセーバーを取りもどそうとした。あたかもそれを察したかのように、少女はふたたび向きを変えると、ありえないほど高くジャンプし、突きだした岩山をらくらくと飛びこえた。

あの少女が未知の種族でないかぎり（ぼくにはミキアン[*7]に見える）、あんなジャンプは不可能だ。フォースを使えば別だが。だけど、フォース感応力をもつ少女が、何もないこんな惑星で何をしているんだ？　それに、どうしてぼくから逃げる？　そのうえ、いまいましいほど足が速いのはどういうわけだ？

「話がしたいだけなんだ！」なおも少女を追いながら、呼びかける。「ぼくの持ちものを取りもどしたいだけ！」

肩に触れそうなところまで近づくと、少女はふたたび笑い声をあげ、木の幹を押して樹冠まで

くるくると飛んでいった。この子はいったい何者なんだ？

少女の足もとの木々がうなり、銀色の幹が震えた。そして、巨大な嵐に巻きこまれたかのように、危険なようすで揺れはじめた。その場には、甘い香りのそよ風が吹いているだけなのに。揺れのおかげで、地面にいるオビ＝ワンにも、少女の軌跡を簡単に追えた。こっちには少女の居場所が見えるが、向こうからは見えないはずだ。オビ＝ワンは木々のあいだを駆けぬけていった。身をよじってかわしていくのは、小惑星帯でやっていたのと似ている。ただし、幸いなことに、ここの木々は地面に根を張ってくれている。ふくろをもった草は飛びこえることにした。植物を傷つけたくなかったし、見知らぬ植生には触れないほうがいいからだ。伸びあがるような繊細な葉は、手をふってあいさつしているように見えた。

この星の植物はとても奇妙だ。ある種の感覚を備えているのかもしれない。あるいは、あの少女とつながっているのかも。確かに、少女に反応しているように見える。どちらにしても、あの子をつかまえなければ答えは得られない。もちろん、大事な所有物もだ。

前方に、大きな空き地が見えた。少女がどんなに巧みに跳んでも、あそこは飛びこえられないだろう。木々の動きで少女の進みぐあいをはかりつつ、タイミングを読んで猛烈なラストスパートをかけた。樹上から少女が飛びだした瞬間、空き地に飛びこみ、少女に体当たりして地面にたたきつける。転がりおちたライトセーバーをつかみ、ふたたび手中におさめると、ほっとして全身がゆるんだ。

そしてぱっと立ちあがり、少女に向きあう。「はじめてお目にかかりますよね」息を切らしてはいたが、武器を持つ手はしっかりと握りしめ、少女の背後にあの盗人の姿をさがす。「ぼくはオビ＝ワン・ケノービだ。君は……？」

少女はまだ笑みを浮かべて立っている。近くで見ると、髪の毛はなく、頭からはたくさんの触手が伸びていた。まちがいなくミキアンだ。だが、ミキアンという種族がこれほど力持ちでジャンプ力をもつとは聞いたことがない。この子はフォースを使っていたはずだ。

少女に集中しすぎて気づいていなかったが、木々のあいだから、別の数名が姿を現した。ライトセーバーを盗んだ者もいる。フードつきのマントを着ていて、顔は見えなかった。

オビ＝ワンはため息をついた。「君は、ひとりじゃないんだね」やってきた者たちはほぼ同じ年ごろらしく、盗人をふくめ、統一感のない風変わりな身なりをしていた。

種族はさまざまで、知っている種族も、知らない種族もいる。そして皆、強い好奇心と張りつめた警戒心のこもった目でこっちを見ていた。

「レナーラへようこそ」少女が口を開いた。「わたしたちは――」頭の触手の動きが止まった。

少女は左を向いた。オビ＝ワンが目をやったが、皆が通りぬけてきた木々しか見えない。

ひとりの少年(オビ＝ワンや少女よりも背が高いが、少女と同じミキアンだ。緑色の肌にうっすらと青が混じっている)がうなずいた。「おれも感じてる。船にもどろう！」集団の半数はすでに動きはじめていた。オビ＝ワンなど、もはやどうでもいいかのように。何を警戒しているのだろう？

耳で聞く前に、身体で感じた。足元の地面が震えている。激しくふみならす足音が向かってくるようだ。とても大きな足音が。

「急いで動かなきゃだめよ」少女が走りより、オビ＝ワンの手を取って引っぱった。「同じ場所にいたらだめ。あいつに居場所がわかってしまう」

「何に？」少女のとなりを走りながら、オビ＝ワンが尋ねた。皆が走る速さを見れば、何がやってくるにせよ、出くわしたくない相手であることはまちがいない。それなら、ぼくも会いたくないに決まってる。

「レナーラだよ、バカね」

「この星に居場所をつきとめられるってこと？」オビ＝ワンはあぜんとした。

「ジャンプして！」少女は岩から飛びだし、高くジャンプして、突然足もとに現れた穴を飛びこえた。まるで誰かが下から引っぱったかのように、地面が陥没している。オビ＝ワンは、なんとか足場を確保して、少女に続いて空中にジャンプするのがやっとだった。まわりでは、あの若者たちがらくらくと飛びこえていく。

レナーラの重力が別の働きをしていないかぎり（オビ＝ワンはそんなことはないと確信していたが）、野獣のような森の若者たちはひとり残らず、フォースの助けなしには不可能なくらい遠く、高く、速くジャンプしていた。

「君たちは皆、ジェダイなのか？」向こう側に着地して転がり、オビ＝ワンは息を荒らげた。

少女が視線をよこした。頭の触手が立ちあがって動いている。ちょうど、オビ＝ワンがさっき林の中で感じられなかった風に吹かれているかのように。「ジェダイって何？　ゴブラーに気をつけてね」少女は冷静にオビ＝ワンの背後を指さした。

振りむくと、目の前に歯をむきだした口が開いていた。そこにいたのは、歯だらけの怪物だった。

＊7　たくさんの触手（頭尾《ヘッド・テール》ともいう）が頭にはえた人間型種族。肌の色はさまざま

CHAPTER 11

気をつけるどころのさわぎじゃない。これは大変だ。すばやくジャンプし、転がって、その危険な歯からできるだけ離れようとする。ほっとすると同時に困惑したのは、そいつが追いかけてこなかったからだ。そのかわり、離れたところにいたほかのふたりを追っていった。

「助けないと！」と言ったが、少女はもう一度手を引っぱってきた。

「大丈夫だよ。動きを止めないで。〝なだれ〟が来る」

「なだれが？　でも、ここには山なんてないから……」

ふたたび地面が揺れた。今度は、複数の怪物がやってくるのはまちがいない。背後に目をやると、まるで生きているかのような岩が洪水のように押しよせてくるのが見えた。太陽に照らされてきらきらと輝く美しい乳白色の岩の群れが、激しい勢いで近づいてくる。

オビ＝ワンは走った。ふいに現れる谷を飛びこえ、木の枝をよけつつ、絶えず方向を変えて追っ手をまどわしながら、少女に遅れないようについていく。行きすぎる周囲の土地は威嚇《いかく》と脅威のかたまりに思えた。これほど美しい場所が、なぜこうも敵意に満ちているんだ？　動物だけじゃない。木々も、岩も、地面そのものまでが、敵意をむきだしにしているようだ。

「あそこだよ！」少女が指さした。風化してひび割れた巨大な岩が、森の中にぬっと突きだしている。座礁《ざしょう》した船のようだ。近づくにつれ、それが本当に巨大な船であるとわかった。風景にうまく溶けこんでいたため、上空から見たときには気づかなかったのだ。

少女が鋭く口笛を吹くと、金属製のケーブルが数本、うねうねとおりてきた。少女は一本をつかむと、片手を差しだしてくる。その手をオビ＝ワンが取ると、ケーブルは巻きあげられていった。その動きはぎこちなく、急激に動いたり突然止まったりして、不安を誘う。周囲ではほかの面々もそれぞれケーブルをつかみ、すばやく地面を離れていく。追ってきた岩は船の側面にぶつかって止まり、広がっていった。岩のような殻の中にいたのは、大きな目をした、とても毛深い小さな生き物だ。ごろごろと鳴る胃のような音を立てながら、たくさんの足で歩いていった。

「なぜぼくたちをつかまえようとしたんだ？」オビ＝ワンが尋ねた。

少女は肩をすくめ、「レナーラだからだよ」と答えた。それ以上の説明は不要だと言わんばかりに。

ふたりは、目的の場所にたどりついた。船の側面からあやうい角度で突きだした高台が、内部への入り口になっている。少女はケーブルから飛びおり、船の中に入っていく。オビ＝ワンもそのあとを追った。驚いたことに、ケーブルを操作し、そこで待っていたのは、森にいた連中よりも小さな子どもたちだった。おびえた目を見ひらいて、こちらをじっと見つめている。

「森から何を連れてきたの？」ピンク色の小さなトゥイレック[*8]が、オビ＝ワンを見つめたまま、用心してあとずさった。

「大丈夫」少女はそう言いながら、そばにいたイクトッチイ[*9]の子どもの頭をなでた。まだとても幼く、頭の横から生えた二本の角は、やっとあごに届くくらいしか伸びていない。「ここの者じゃない。別の星から来たんだ」。

小さなイクトッチイはばかにしたように笑った。

「別の星なんて存在しないよ」

「あるよ、保証する」オビ＝ワンが言った。

「〝空《そら》のゴミ〟だ」ライトセーバーをひったくった少年がうなるように言った。「夕飯を食べ終わったら、残りものを船から投げすてるだろ、それと同じだよ。空が捨てたんだ。レナーラに投げすてて、捕食者に食わせようとしたわけだ。ただし、おれたちが助けてやった」

「痛い！」オビ＝ワンが頭の横を押さえた。幼いイクトッチイに、パダワンの三つ編みを強く引っぱられたのだ。

「これは何？　何のためにあるの？」

「何のため？」

「そう、それで何かを聞くの？　感じるの？　ぼくの耳や、アユージやカサルの触手みたいに？　そんなにちょっぴりじゃ、あったかくはないでしょ」。

「いや、そんな機能はない。これは象徴的なものだよ」

「どういう意味？」小さなトゥイレックが眉をひそめて尋ねた。

「つまり……ぼくの立場を示すっていうか？　仲間の中で」

子どもは鼻にしわを寄せた。「気に入らないな」

「おせっかいなご意見をどうもありがとう」どう答えたらいいかわからずに、オビ＝ワンは言った。とはいえ、ここのすべてに対して、どう反応したらいいかわからない。

奇妙な光景だ。やや不安になるほどかたむいた床。固定されていないものはすべて、ハンモックが並ぶ壁まで転がり、すべっていってしまっている。小さな子どもたちを追いはらって、ここまでついてきたあの少女と話をしたい。振りむくと、残りの三名がへやに飛びこんできて、床を横切ってオビ＝ワンの正面に着地した。

「君たちは誰だ？」オビ＝ワンは驚いて尋ねた。

「そっちこそ、誰なの？」砂漠の大地のように乾燥してひび割れた青白い肌の、髪のない少女が言い、背を見せないまますべるように遠ざかっていく。向こうの壁にぶつかると、ハンモックの陰に身を隠した。「あの人たちのひとりが戻ってきたと思ったの。でも、そうじゃなかった」

「〝あの人たち〟って？」オビ＝ワンは尋ねた。

「わたしはアユージ・シードル」オビ＝ワンとともに来た少女はそう言いながらコンテナに手を入れ、鮮やかな赤紫色のトゲだらけの果物をひとつ取った。自分と同じ種族の緑色の少年をあごで指し、「あれはわたしの弟のカサル」。カサルはうなり声で応え、ケーブルを上下させるウインチがどこで引っかかっているのか懸命に調べている。アユージは若者の列をつぎつぎに指していった。「ネスギン」と言った言葉に反応し、ピンクと茶色が混じった肌のイクトッチイが手をあげた。やや年長で、角は肩まで伸びている。「メム」指した相手は、ハンモックの陰からこっちをにらんでいるあの少女だった。「シャシュ」ノートラン[*10]の少女はジェダイのキット・フィストーに似てはいるが、淡い緑色の肌は病んでいるようだ。大きな黒い瞳で無表情にオビ＝ワンを見つめると、大きな樽の水にもぐっていった。「そして、ゼイ＝ブリイ」ゼイ＝ブリイは革のような肌に細長い口をもち、黄色い目を考え深げにまたたかせながらオビ＝ワンを見ていた。「その子が、空を飛ぶ君を見つけたんだ。だから、君が死んだときに船をもらう権利がその子にあるかどうか、議論してるところ」

「おれにその権利があったら、ゴブラーに君を食べさせておいただろうな」カサルはあっさりとそう言って肩をすくめた。

「だけど、誰かが飛んできたのはずいぶん久しぶりだよね……」ネスギンは言葉を切り、眉をひそめた。「いつ以来だろう？」

アユージは急いで話題を変えた。「というわけで、もし君が同意するなら、死んだらゼイ＝ブリイが君の船を手に入れることになる」

「そんなはめになるのは避けたいね」オビ＝ワンが言った。「この船は、君たちのものなの？」

アユージは肩をすくめた。「そう。〝船〟とはもう呼べないけどね」

「難破船と言ったほうがいい」とゼイ＝ブリイが言った。ゼイ＝ブリイの顔がぼうっとゆがみ、オビ＝ワンはそこに自分の顔を見た。「長いあいだ、新しい顔を試す機会がなかった。どんなにいやな気分か忘れていたよ」ゼイ＝ブリイはオビ＝ワンと同じ顔だちをゆがめて、大げさな表情を作ってみせた。自分の顔がこんなにおかしな表情を作れるとは思っていなかったが、聖堂にはあまり鏡がなかったことを思いだす。たぶん、ぼくはいつもこういう変な顔つきなんだろう。誰もわざわざ指摘してこなかっただけで。

いいや、そんなはずはない。ボラのやつなら、確実に指摘してきただろう。

変身者は自分の頭のてっぺんを手でさわり、もとの姿に戻った。オビ＝ワンはほっとした。これ以上、自分自身の顔を見たくなかったのだ。ひどく不快だった。ゼイ＝ブリイは考え深そうに目を細めた。「頭にはそんなに毛が生えているのに、ほかのところにはちっとも生えてないのはどうして？　意味不明だな」

「難破したのはいつだったの？」オビ＝ワンは、髪と体毛についての質問を無視して尋ねた。

カサルは子どもたちに果物を配っていた。「両親の世代でも、その親の世代でもない。そのまた親の世代だ」

「四世代にわたって？　ずっとここにいるのか？　でも、大人たちはどこにいるんだ？」

カサルが、必要以上の力をこめて果物を投げつけてきた。オビ＝ワンはびっくりして、果物を落としそうになった。手のひらが痛い。カサルはフォースを使っているのだろうか？　確かに、そう思えた。

「おれたちを置いていったんだ」カサルがぽつりと言った。クワイ＝ガンはめい想中です、とオビ＝ワンが誰かに伝えるときのような、なにげない言いかたで。

「置いていったって？」オビ＝ワンはあぜんとした。「それで、ぼくを見たとき、そのひとりがもどってきたと思ったのか？」

アユージは笑った。「今こそ、自分の顔を見るべきだよ。ゼイ＝ブリイ、その顔を見せてやれ」

ゼイ＝ブリイは言われたとおりにしたが、オビ＝ワンは不服だった。「そんなにショックを受けた顔はしてないぞ。口はちゃんと閉じてて、そんなふうにぽかんと開けてはいない」

「そうかな」ゼイ＝ブリイはあきれたように目をしばたたき、自分の顔にもどった。

メムはハンモックの陰から顔をのぞかせ、今にも襲われるとおびえているかのように、オビ＝ワンの動きを見つめている。この惑星で過ごしたごくわずかな時間で経験したことを思えば、攻撃を予想するのも理にかなっているといえるだろう。

「とにかく、あの人たちが去ったことは問題じゃない。自分たちだけでちゃんとやれる。長いあいだ、自分たちだけでやってきたんだから。君が来るまではね！　どこから来たの？　空から誰かほかの者が来たという話は聞いたことがない。わたしたちだけだ」

「ぼくは……遠くから来たんだ」オビ＝ワンは答えた。果物を食べおえた子どもたちは、最後に残った果物をめぐって複雑なゲームを始めている。ぼくは夢を見ているのだろうか、それとも、跳躍しては身体をひねり、宙返りする子どもたちは皆、通常よりも連携がとれているように見えるだけなのだろうか。あんなことができるのは、聖堂の訓練生《ヤングリング》くらいのものだ。

「よし」と、指導していたカサルが言った。「今度は、もっと速く」子どもたちはくすくす笑いながら指示にしたがった。

「どうしてあんなことができるんだ？　誰に教わった？」オビ＝ワンは問いただした。フォースにちがいない。それ以外の説明は考えられなかった。

カサルが鋭い視線を向けてきた。「おれたちが教えた。自分たちも訓練を重ねてる。生きのびるための唯一の手段だ」

オビ＝ワンはめまいがした。「どうしてそんなことが可能なんだ」子どもと十代の若者の集団全員がフォースに精通しているなんてありうるだろうか。オーラ・ジャレニと関係が？　でも、どんな関係があるのだろう。もしオーラがここにたどりついていたとしても、難破より何十年も前だったはずだ。

もしかしたら、難破した船には、聖堂に向かう途中のフォース熟練者がぎっしりと乗っていたのかも。あるいは、オーラが築いたある種のジェダイの前哨基地《アウトポスト》がやがて衰退し、わずかな若者たちだけが残されたのかもしれない。だけど、もしそうだとしたら、そんな重要なことがどうしてオーラの記録に記されていないのだろう。それに、どうしてアユージは、ジェダイとは何なのかも知らないんだ？

そして、まわりにフォースの使い手がこんなにたくさんいるのに、マスター・クワイ＝ガンやほかのパダワンたちに対するのと同じ感覚をおぼえないのはなぜだろう。そして、耳ではぎりぎり聞こえないくらいの、歯に響くような低音の恐ろしいハミングは何だったのだろう。

結局、この旅は無駄ではなかったようだ。とはいえ、ここで見つかるかもと予想していたものは、何ひとつなかった。そして今、何かを見つけたとはいえ、自分がどうすればいいのかは見当もつかない。

「この人、おしゃべりをやめることはないの？」小さなトゥイレックは、エイミットという名だった。友だちの毛にブラシをかけながらあくびをする。友だちは、ジャーパーとタンバーという名のそっくりなふたり組だ。ふたりともボタンのような鼻と背中まで垂れる長い耳をもち、全身を覆う毛は茶色と灰色のまだら模様だった。

「本当に、オーラという名前を耳にしたことはないの？　ジェダイのことも？」オビ＝ワンはうろうろと歩いた。「ここにたどりついた正確な日付は？」

「先祖たちは開拓船に乗っていたんだ」ゼイ＝ブリイが辛抱強く答えた。「その船が墜落し、ここに住みつくことになった。ここに伝わる歌や物語に、オーラやジェダイはいっさい出てこない」

では、どんな関係があるのだろう？　若者たちはどうやってフォースを使っているのか？　ぼくの質問に答えられる責任者がここにいないのはなぜだ？　「でも、大人たちはいったいどこに行ったんだ？」

「去っていったんだ」アユージが言った。今度は、ぎりぎりと歯がみするような口調だ。警告するような目をオビ＝ワンに向け、子どもたちに向かってうなずいてみせる。「でも大丈夫。だって、わたしたちは幸せで、安全だし、おたがいを大事にしてるから」

「そのとおり。もちろんだよ」オビ＝ワンはすまなそうに顔をゆがめた。子どもたちを動揺させるのはよくない。それに、アユージの言うとおり、皆元気そうだった。健康で幸せだ。明らかに、やらねばならないことに最善を尽くしてこなしている。ちぐはぐな古い服を着てはいても、皆こざっぱりとしていて、飢えているような者はひとりもいない。

「昔の村ではなく、船に住んでいるのはどうして？」

「船がいちばん安全だからね。レナーラは船をばらばらにしてのみこもうとしたけど、古すぎるし、墜落したときに地表に大きな損傷を与えた。たまに大きな揺れがあるけど、船は大きいから耐えられる。それに、ゴブラーや〝なだれ〟、そのほかのやつらもここまでは上がってこられないんだ」

「ほかのやつら？　まだいるんだ？」

アユージは笑った。「まだまだいるよ。たとえば、ここを出て死の林をぶらぶらと少し歩くと、きれいな水たまりがある。シャシュとトリルとホイッスルが大好きな場所で」アユージは樽の中にいるノートランたちを指した。年長のノートランがひとりと、小さいのがふたり。正式な名前はシャシュ、トリル、ホイッスルそのものではないが、それに近い音だ。「あそこに住みたがっている。そうすれば、雨水をためる樽の中で一日の大半を過ごさずにすむからね。でも、あの水たまりに一歩でも足を踏みいれたら……」アユージはぱっと両手を打ちあわせた。オビ＝ワンが決して出くわしたくないもののまねをしているのだ。「もう、その足はなくなってしまう。足があるほうがいいからね」

シャシュは重々しくうなずき、大きな漆黒の瞳をオビ＝ワンに向けた。

「ぼくの船には呼吸器がある」オビ＝ワンが提案した。「えらに適合するよう調整できるよ。役に立つかも。少なくとも、日々の生活はもっと快適になるだろう」キット・フィストーは呼吸器を使わないが、それでもびっくりするほど強い。ノートランの子どもについてはよく知らない。彼らは水中で育つからだ。たぶん、水中と陸地を行き来できるくらい成長するまでは、水中で過ごす必要があるのだろう。

「ほんとに?」アユージの顔がほころび、うれしさのあまり、紫色の肌がピンク色に染まった。「それはすてきだね」

オビ＝ワンはまたうろうろと歩きはじめた。「もちろん、一時的な対処だよ。君たちを安全な場所に連れていく方法を考えている。ぼくの船には全員を乗せる余裕はないし、コルサントに連絡する手段もない。あの小惑星帯のせいで、行き来するのは簡単ではないし。たぶん、順番に、もよりの星に……」

「おれたちを連れていくって?」カサルが尋ねた。

「そう。この危険な惑星から連れだしてあげよう」ぼくがここに来た理由は、それにちがいない。皆を助け、聖堂に連れて帰って、評議会に皆の能力を評価してもらうんだ。

「おれたちがここを出たがってるって、誰が言った?」カサルが立ちあがり、のしかかるようにオビ＝ワンの前に立つと、上からにらみつけてきた。「おれたちはここにとどまったんだ。家族が死んだから、そうすることができた」

「待って――死んだのか？」オビ＝ワンは驚いて首をふった。「大人たちは皆出ていったって言っただろう！」

「ほかの大人たちは出ていった。おれたちの親は残って、ここで育ててくれた。おれたちはどこにも行くつもりはない。だが、おまえは好きなときに出てっていいぞ、〝空《そら》のゴミ〟」カサルは出口を指さした。

「でも――」これは予想外だった。親たちの身に何が起こったのかもっと尋ねたかったが、今はタイミングが悪いだろう。

ぼくがどこから来たのか、誰も追及してこなかったのもおかしい。もっと関心を抱くものだとばかり思っていた。ところが、なかでもアユージは、そういった問いをさえぎっては、話をそらしていた。たぶん、この星の外の生活にふれたことで、何らかの文化的な禁忌を犯してしまったのだろう。少なくとも、カサルはこの場所に対して強い思いをいだいているようだ。皆がトラウマを受けていたとしても不思議ではない。仲間に見捨てられたのち、両親も失ったのだから。

皆がぼくの助けを求めていると考えていた――感謝してくれるとまで思っていた。指導者として、救助者として期待してくれていると。ジェダイの騎士として、ぼくはそんなふうにありたいと願っていた。十六歳のパダワンは普通よりはるかに成熟し、幼いころから訓練を受けてきている。けれども、皆はそのことを知らない。自分たちと同じ年ごろの、ただの若者だと思っている。権威ある者だとか、自分たちを救える者だと見なすはずはないのだ。

そして、ここにいるのは彼らだけであり、ぼくの助けは必要とされていないのなら、ぼくをここに導いたのはフォースではないのかもしれない。すべては、ぼくのせいだった。またもや、性急すぎたのだ。ただし今回は、規則も破ってしまった。ここでは誰にも必要とされていない――求められてもいない。こんなことのあとでは、聖堂にもどっても同じことだろう。

だが、そんなはずはない。何かほかにあるはずだ。ここにいる全員がなぜフォースを使えるのか、オーラがなぜこの星に印をつけたのかという謎が残っている。ここに残って調査する価値はあるはずだ。そのためにフォースにここまで導かれたという可能性はある。

自分が時間かせぎをしているのはわかっていた。ぼくはもどって、自分のしたことを評議会に報告し、適切な処分を受けるべきなのだ。けれども、これが銀河で善を為す唯一のチャンスだとしたら、どうだろう。クワイ＝ガン・ジンのかたわらにいられなくなり、未知の未来に直面する前に、どうしてもやりとげたい。

たとえ、どんな結末が待っていようとも。どんなにわずかであっても、ここで何かをなしとげられるという希望を捨てきれなかった。ぼくはまだ、ジェダイやここの若者たちの役に立てるかもしれない。あるいは、どこかの、誰かの役に立てるかもしれないんだ。

＊8　二本の長い頭尾（レック、ヘッド・テール）が頭にはえた人間型種族。肌の色はさまざま
＊9　頭の左右から下向きの二本の角がはえた人間型種族
＊10　大きな黒い目をもつ、水陸両生の人間型種族。ただし幼いころは主として水中で暮らす

CHAPTER

12

初対面の人とすごすのは久しぶりだ。もちろん、知らないジェダイと会うことはあるが、そんなにひんぱんではない。それに、ジェダイの前でどう行動するかは心得ているし、先の予想はつく。

だが、今回はまったくちがう。小さな子どもは六名いた。エイミット(トゥイレックの幼女)、グレマック（オビ＝ワンの三つ編みを敵意をこめて引っぱったイクトッチイ)、ジャーパーとタンバー（フォースを使わずにとてつもないジャンプができる)、そして水中に生きるトリルとホイッスル（今は水をためた樽の中で、水面から両目だけ出してすわっている)。

シャシュが視線をよこした。「あの子たちは、水の外には適応できないの。肺の発達はえらよりもおそいし、皮膚も目も、光に過敏だから。もっと大きくなるまでは、水中深くもぐって暮らすようにできているの」

「でも、君は成長してその段階をこえたんだね？」

シャシュは小さな子どもたちを見つめたまま、こわばった笑みを浮かべた。「わたしは痛みに耐えられる。あの子たちにもそうしろとは言わない」

「水の中で生きる方法はないの？　飛んできたとき、たくさん水たまりが見えた。安全なものもどこかにあるはずだ」

シャシュは首をふった。「あの子たちにとって、これがいちばんましな生きかたなの」

「でも――そんなことはない。ほかの皆が出て行きたがらなくたって、君たち三名だけなら連れていけるよ。銀河系には、君たちが住める場所はうんとたくさんある。ジェダイにもいるんだよ――」

「ううん」シャシュがわりこんできた。「わたしたちは、いっしょにいなきゃいけないの。家族のもとを去るのはとてもつらいでしょう」シャシュは皆のほうを見た。明らかに、シャシュにとって〝家族〟とは、トリルとホイッスルだけではないらしい。「それに、ここよりもいい場所があるかどうかなんて、わからないでしょ？」

「ぼくは、ほかの場所に行ったことがあって――」

「そして、ここに来た」半透明のまぶたに覆われた黒い瞳は悲しそうで、少しおびえているようにも見えた。「〝力《パワー》〟がわたしたちを守ってくれる」

〝力《パワー》〟とは誰なのか、あるいは何なのかと尋ねる前に、シャシュはふたりの子どもたちのとなりにある樽の中にもどってしまった。

トリルとホイッスルは、船のリビングで追いかけっこをする子どもたち（ときおり、年長のレナーランたちも加わった）をながめている。レナーラン（レナーラに住む者）。それ以上、うまい言いかたは思いつけなかった。惑星レナーラでともに生きることだけが、若者たちを結びつけている。惑星のほうは彼らを必要とはしていないのに。

アユージ、カサル、ゼイ＝ブリイ、シャシュのほかに、ネスギンという年長のイクトッチイと、色あせた岩のように白くて無口なメムがいた。メムは今も、オビ＝ワンのあとをどこまでもついてくる。

エイミットはピンク色の片足をどんと床にふみならし、アユージをにらんだ。「どうして連れてってくれなかったの？　〝空のゴミ〟を連れて帰る手伝いもできたし、果物もとれたのに」

「〝空のゴミ〟には名前があるよ。それに、君はまだ、わたしたちといっしょに行ける年じゃない」シャツをつくろいながら、アユージが答えた。

「わたしだって行ける！　皆と同じくらい高く跳べるもん！」

「ジャンプの高さは関係ないの。わたしくらい背が高くなったら、いっしょに行けるよ。それまでは練習を続けて準備をしなきゃね。たぶん、わたしの役目を引きつげるかもよ」

小さなトゥイレックの少女は眉をひそめた。「そんな役目はいらない。たいくつだもの。カサルみたいになりたいの。わくわくするようなことをして、〝力《パワー》〟の使い方を皆に教え、子どもたちのめんどうはみなくていい」エイミットは仲間の子どもたちをあざわらうような視線を送った。子どもたちの大半は、自分と同じくらいの体格であるにもかかわらず。

カサルはへやの隅でにやっと笑った。「そのとおりだ、アユージ。君はかなりたいくつだよ」

「ああ、そうですか」アユージは手首のスナップをきかせ、鮮やかなオレンジ色の果物をカサルのほおに投げつけた。

カサルは果肉をふきとって、手についた果汁をなめた。「もう外に行っていい年齢だ。あの子たちのためにもなる」

「ちゃんと自分の身を守れるか、確認できるまではだめ」アユージの鋭い口調は、反論を認めない。カサルは申し訳なさそうにエイミットに肩をすくめてみせた。エイミットは隅のほうに逃げこんだ。

たとえ親はいなくても、皆が家族であることは明らかだ。オビ＝ワンは、訓練生《ヤングリング》時代に親密だった仲間たちが恋しくなった。

喪失感をおぼえ、さびしい気持ちになるのも無理はない。試練《トライアル》に合格したあと、仲間はそれぞれ別のジェダイにあてがわれた。仲間はばらばらになり、パダワンとなった友だちは忙しく、いちばん大事な絆を結べると期待したジェダイは、約束した時刻に姿を見せなかった。そもそも、ぼくを訓練したくなかったのだ。

「もうすぐ蓋《ふた》が閉まるぞ！」ゼイ＝ブリイが叫んだが、オビ＝ワンには、どういう意味かわからなかった。ゼイ＝ブリイは子どもたちを追いかけ、顔を洗ったり歯をみがいたりする手伝いをした。グレマックは、角をみがかなければならないことについて、ぶつぶつと文句をならべた。

「角が腐ったらいやだよね？」ゼイ＝ブリイがなだめた。

「ほんとに腐るわけない！」グレマックが叫ぶ。

「いや、本当だよ。君の角は腐って、ロックマイト[*11]がそこに巣を作るだろう。そうだよね、オビ＝ワン？」

オビ＝ワンは驚いてぱちぱちと目をしばたたいた。「ああ、そうだよ。ロックマイトに住みつかれたら、君みたいな戦士にとっては絶望的な状況だ。ロックマイトはひどい住人だよ。ものすごくうるさくて夜も眠れないし、掃除なんて絶対にしない。もちろん、君の角はずっとやかましい音を立ててかまれっぱなしになる」

グレマックは目をみはり、ゼイ＝ブリイが持っていた粗い毛のブラシをひったくると、作業にかかった。ネスギンはそれほど焦ってはいなかったが、グレマックがみがきおえるやいなや、その手からブラシをひったくった。

ゼイ＝ブリイがウインクをよこした。オビ＝ワンはほほえみを返した。確かに、奇妙な生活だ。混乱はしているが、不健康ではない。アユージたちと話を続け、どうしてフォースを使えるのか知りたかったが、どうやら、皆は何の話かさっぱりわからないようだ。そのうえ、子どもたちの寝る準備に忙しそうだった。ぼくがここにいるのに、皆の日課がほとんど影響を受けていないのは不可解だったし、侮辱的にも思えた。

「あの歌を歌って！」ホイッスルといっしょに樽に入っているトリルが言った。

「皆がちゃんとした場所におさまったらね」アユージはきっぱりと言った。

「わたしたちはいつだって、ちゃんとした場所にいるのに」ホイッスルは顔を水中に沈め、不機嫌そうに言った。

「わかってるよ」アユージは水に手を入れて、ホイッスルの頭をぽんとたたき、肩まで伸びた長いつるのような触手の一本をなでた。「君たちは、すばらしいお手本だ」残りの子どもたちはハンモックに向かって突進した。そして、アユージは歌いはじめた。その歌声は柔らかで、周囲を包みこむように、へやの中でよく響いた。

星空の下、彼らは集い、
喜びをいだいて望んだ。
星空の下、彼らは集い、
夜空をまっすぐに飛んだ。
そして空から、
緑豊かな惑星に落ちた。
そして空から、
緑豊かな惑星に――

子どもたちはくすくす笑いながら、いっせいに叫んだ。「最悪！」アユージは続けた。

おたがいだけをたよりとし、
死と恐怖に耐えた。
おたがいだけをたよりとし、
いちばんいとしいものを守った。
家族と〝力《パワー》〟、
友人と船と家。
家族と〝力《パワー》〟、
それは常にわたしたちのもの

メムとゼイ＝ブリイはハンモックに近づき、子どもたちの額をさわった。「忘れないで。これはわたしたちのもの」

「どういう意味なんだ？」オビ＝ワンはカサルにそっと尋ねた。

カサルは肩をすくめた。「両親が毎晩歌い、語ってくれた歌なんだ。だから、子どもたちに伝えてる」オビ＝ワンは、皆の来しかたに思いをはせ、この地で孤立して発達した文化について考えた。これほど悲惨に見える惑星に誇りをもち、先のことを考えもせずに守ろうとするとは、なんて不思議なんだろう。アユージたちはまだ就寝の準備で忙しくしていたので、オビ＝ワンは床にすわって夜の習慣をやろうとした。ひざに手のひらを置き、目を閉じて、深呼吸をすると――

「何をやってるの?」アユージが尋ねた。

オビ＝ワンはぱっと目を開けた。「めい想しようとしてた」それは毎晩、寝る前の習慣だ。好きではなかったし、何の役にも立たなかったが。

「そうやって眠るの?」ジャーパーが――あるいはタンバーが（オビ＝ワンにはまったく区別がつかなかった）尋ねた。長い耳が片方、ハンモックの端から垂れている。

「いや、眠るんじゃない。これは――フォースとつながる方法なんだ。理論上はね。最近はあまりうまくいってないけど」

アユージは眉をひそめ、オビ＝ワンと向かいあって腰をおろすと、片ひざを立て、もう片方の脚はまっすぐ伸ばした。「フォースって、"力《パワー》"のことでしょ? それがあるから、森で食われずに、わたしたちについてこられたんだね」

「ああ、あれは――待って、ぼくがついてこられるって知らなかったのなら、どうして森の中に誘いこんだの？　もしかしたら、ぼくは死んでいたかもしれないじゃないか！」

アユージはずるそうな笑みを浮かべた。「そう、もしついてこられなかったら、どっちにしても死んでたでしょ。わたしは、それが何か知りたかったの」アユージはライトセーバーを指した。「君が何者なのかもね、関心があった。ちょっと恐れていたのかもね。見知らぬ人には会ったことがなかったから。殺しにくるものには慣れてたから、あの人たちのひとりが戻ってきたんじゃないってわかると、君はレナーラの仕掛けたわなじゃないって確認しなきゃいけなかった。新たな手法でわたしたちを油断させ、バラバラにしようとしてるのかもって思ったから」

「それはもっともだね」この子たちがどうやって成長してきたのかが理解できたとはいえない。メムがまだぼくを恐れているのも、ぼくがどこから来たか聞かなかったのも無理はない。皆はまだ、ぼくに危害を加えられることはないと信用しきってはいないのだ。

アユージは顔をしかめ、オビ＝ワンのすわりかたを指した。「だけど、どうして〝力《パワー》〟とつながらなきゃいけないの？　いったい、何の意味があるの？　ただ、使うだけでいいのに」

「そんなに簡単ならいいけど」確かに、ほかのパダワンにとっては簡単なことのようだ。「つながれば、聞こえるようになるんだ。そして、自分がなすべきことに導いてもらえる」

「それは話しかけてくるの?」アユージは疑わしげに目を見ひらき、不安そうにカサルと目を見かわした。声を低め、慎重な口調で続ける。「何を言ってくるの?」

オビ=ワンは笑った。「何も言わないよ。そんな感じじゃないんだ。心を澄ませてフォースをさぐれば、感情を、感覚を得られる。感じることができるんだ」

「じゃあ、わたしたちの触角や触手のようなものね」アユージは、頭部の触手を示した。夜に備えて、ゼイ=ブリイに柔らかい布できちんと包んでもらっている。敏感な触手がハンモックのざらざらした素材に触れると不快なのだろう。

「ちがうよ。いや、そうかもしれないけど。その触手は何を感知するの?」

「動き。熱。そういったものだよ」

「じゃあ、ちがうな。それは君の種族特有のものでしょ」

カサルの目が暗くなった。「おれたちが知るわけがない」

「そうだね。悪かった。ぼくも子どものころに家族と離れたんだ。でも、教えてくれる人がいた」

「そんなの必要ない。自分たちで学んだから」カサルは愛情をこめてアユージの肩をたたき、ゼイ=ブリイにおやすみのあいさつをして、隅にある大きなハンモックにひっこんでいった。

アユージのとなりにゼイ＝ブリイがすわり、アユージはその肩に頭をもたせかけた。

「君のフォースは〝力《パワー》〟に似ているし、わたしの頭の触手にも似ている。でも、似ていないところもある」アユージはあいまいな表情を見せた。たぶん、話を合わせてくれているのだろう。

「フォースは、ただ物理的に何かを感じるだけじゃないんだ。その助けを借りれば、雰囲気を察知したり、感情を静めたり――ほとんどのものとつながることができる」説明するのはむずかしい。ジェダイの説明をそらんじてはいるが、それは暗記にすぎない。丸暗記だ。自分としては、まだフォースを真に理解していない気がしていた。確かに、前後移動やジャンプをし、脅威を察知することはできる。だが、フォースの別の面――ライトセーバーのようにフォースを自分の延長として使うのではなく、自分のほうがフォースの延長となるくらいまでつながることは――そう、クワイ＝ガンに気にかけてもらえないのは、そのせいなのかもしれない。だからこそ、クワイ＝ガンは最初からぼくを必要としなかったんだろう。

オビ＝ワンは眉をひそめ、両ひざを立てた。ぼくは何を考えてるんだ。フォースについて誰にも説明できないのは、そもそも、自分にとってフォースが何なのかわかっていないからなのに。

「〝力《パワー》〟は、わたしたちのために存在するの」アユージがオビ＝ワンのひざをたたいた。「生きのびる助けとなってくれる。それ以外のことは何もしない」

「でも、できるんだよ。そのはずだ」ぼくが本当にジェダイの騎士となるよう定められているのなら、本当にフォースの中に居場所があるのなら、フォースとつながるのは簡単であるべきではないのか？　完ぺきに、らくらくと理解できるはずではないのか？

「どこで手に入れたの？」ゼイ＝ブリイが尋ねた。「洞窟のそばにはいなかったのに」

「何を？」

「〝力《パワー》〟だよ。フォースでもなんでも、好きなように呼んでもいいけど」

その問いの意味がわからなかった。「最初から持っていたんだ。だからこそ、ジェダイ聖堂に行くことになったんだよ」

「そこが君の洞窟ってわけ？　そこで〝力《パワー》〟を得るのはむずかしいの？　聖堂は君を食べようとする？」

想像してみると、笑いがもれた。「時々、丸ごとのみこまれたような気分にはなるよ。それに、難しいときもある。誰でもやれるわけじゃないんだ。でも、その洞窟って何なの？　それから、〝力《パワー》〟を得るってどういう意味？　儀式か何かがあるの？」まるで取引をするような、奇妙な話しぶりだ。ぼくにはわかっていない何かがあるんだろうか。「ぼくたちは試練を受けて、ジェダイになるんだ。その話をしているの？」

「洞窟は――」ゼイ＝ブリイは話しはじめたが、立ちあがったアユージにさえぎられた。

「君は明日、自分の船に行かないとね。あそこに置きっぱなしじゃ、レナーラに何をされるかわからないよ」

「ぼくに出ていってほしいの？」驚いたことに、その言葉は胸に刺さった。ぼくが必要とされていないのは明らかだが、少なくとも、初めて会った者に興味をおぼえたふりくらいはできるんじゃないか。銀河じゅうの誰もが、ぼくに疑いをいだいているのだろうか。

ぼくは心の底から、助ける方法を見つけたいと思っているのに。シャシュやホイッスル、トリルのためにより良い生活環境を見つけるだけでもいい。それなら何とかできそうだ。

アユージは驚いた表情を見せた。「ちがうよ。あの船をここに持ってきて、この星に食べられないようにしたほうがいいって意味。ここに招いたときにはっきり言ったよね。君のことは歓迎してる。どうやら、君は聖堂で、わたしたちほどうまくやれてなかったみたいだね。それに、わたしたちはいつでも別の助けを得られるんだ。君を訓練する必要なんてないよ」アユージはいたずらっぽく笑った。「でも、近いうちにレースはしたいな。どっちのほうがうまく〝力《パワー》〟を使えるか、確かめたいんだ」

オビ＝ワンは笑った。「競争する必要はないよ。誰もが自分の能力にぴったり合うようフォースを使うんだ」

「そう、わたしの能力は君よりまさっていると思うな」アユージは手を差しのべてゼイ＝ブリイを立たせた。「じゃあまた明日ね、オビ＝ワン」アユージとゼイ＝ブリイは、壁にかけていた光る種をはずして容器に入れ、蓋を閉めた。あの表現の意味が、ぱっとふにおちた。「蓋を閉める」というのは、消灯するって意味なんだ。

「エイミットはどこ？」ジャーパー——あるいはタンバー——が尋ねた。「ハンモックにいないよ」

「ゴブラーみたいになるなよ」タンバーがぴしりと言った。「口を閉じとくんだ」

ゼイ＝ブリイは眉をひそめ、明かりを手に取って、からっぽのハンモックに駆けよった。

「ここにはいない。皆、エイミットをさがして」

カサルがうめきながらハンモックから転がりでて、「あいつをさかさにつるして、顔を紫色にしてやるぞ」と不平を言った。だが、皆の不平と苛立ちは、すぐに恐れと不安に変わった。

オビ＝ワンは船内の捜索を手伝ったが、子どもの姿は見あたらない。オビ＝ワンは船の端に行ってみた。やはり、ケーブルが一本、下に伸びている。

「こっちだ」オビ＝ワンは指をさした。

「あの子はひとりでおりてったんだ」ゼイ＝ブリイは反射的に顔を光らせ、エイミットの顔を模倣した。その顔は恐怖の表情を浮かべている。「一時間もたたずに死んでしまうぞ」

「食べよう！」アユージが叫んだ。

「食事の時間じゃないと思うけど」オビ＝ワンはケーブルをつかみながら言った。

「つぎの収穫を早めないといけないぞ」カサルが警告し、新しい箱を開けた。その中身は、発光する種と似た、柔らかな青い光を放っていた。どうして皆は食べようとしてるんだ？

「そんなのどうでもいい！」アユージが答えた。

ぼくは待っていなくていいだろう。腹はへってないし、たとえへっていたとしても、行方不明の子どものほうが重要だ。オビ＝ワンはケーブルをつかみ、フォースを使って体を安定させながらすべりおりて、はるか下の地面に着いた。アユージ、カサル、ゼイ＝ブリイ、ネスギン、メムたちもすぐにやってきた。

胃がむかむかし、めまいがする。オビ＝ワンはふらふらして、船から一歩離れた。そのとき、何かがおかしいという感覚が襲ってきて身体じゅうを突きぬけ、あらゆる神経が刺激された。

「あの子を感じる？」オビ＝ワンは尋ねた。

アユージは頭の触手にかぶせた布をはぎ取った。「君は感じるの？」

オビ＝ワンは頭をふって、自分を圧しようとする何かを無視しようとした。あの子どもは、この敵意に満ちた惑星のどこかに、ひとりでいる。全力を尽くして、手遅れになる前に見つけなければならない。これまでに経験してきた中でも最大の試練であり、何よりも重要なことだ。なぜなら、これはパダワンになるためでも、カイバー・クリスタルを見つけるためでもなく、ひとつの命を救うことなのだから。

準備ができているかどうかはわからないが、それは問題ではない。

「手分けしてさがそう」オビ＝ワンはそう言うと、ただひとり、闇の中に突っこんでいった。

＊11　角を掘って巣を作り、中を食いあらすといわれる虫

CHAPTER 13

ひと足ごとに、地面にのみこまれるような気がした。木が倒れてきてたたきつぶされるのではないか、歯に食いちぎられるのではないかと思った。しかし、森は静かで、夜は穏やかで暖かい。頭上の空は藍色に輝き、無数の星が散らばっている。ときおり、大気圏に突入した小惑星が燃え尽きて、息をのむような閃光を発した。ほかの皆から離れれば離れるほど、気分はましになった。むしろ……いい気分だ。目をさまして警戒し、生きている。うまく説明はできなかった。思ったよりも夜が暗くないからか、それともレナーラには何か奇妙な点が——これまで見た以上に奇妙な点があるのか。あらゆる枝や葉、植物が見えるような気がする。ふくろをもつ草が発光してはいるが、周囲のものは、それ以上にはっきりと感じられた。まるで、森そのものが細部まで完ぺきに頭の中に描きこまれているかのようだ。

何かが動き、注意を引かれた。オビ＝ワンは速度を落として、そっと近づいた。ふくろ草を鼻で押していたゴブラーが頭を上げる。オビ＝ワンはライトセーバーを起動し、待った。セーバーとふくろ草が放つふたつの青い光に照らされ、ゴブラーは首をかしげて口を閉じた。セーバーの光を反射した大きな丸い目が、オビ＝ワンをにらむ。太く力強い尾を前後に振りながら、かがみこんで低い姿勢をとった。オビ＝ワンは攻撃に備える姿勢をとった。

そして驚いて、大声で笑いだした。ゴブラーは突進するかわりに仰向けに転がって、六本のずんぐりした足を空中でくねらせたのだ。巨大な歯の生えた口の端から長く黒い舌が垂れ、セーバーの光を受けて光っている。オビ＝ワンは武器をおろし、まだ光りつづけているゴブラーの舌を見た。あの植物の成分がべっとりとついて、柔らかな青い光を放っているのだ。

バカみたいに長い舌を見たあとでは、歯の恐ろしさはぐっと薄れた。攻撃に備えた構えをとくと、ゴブラーの脅威を少しも感じていないことに気づいた。セーバーの光刃《ブレード》をおさめてベルトに引っかけ、むき出しになったゴブラーの腹に片手を置く。ゴブラーは三本だけ宙に浮かせた足をぴくぴくと動かし、穏やかで満足げな低いうなり声をあげた。

「この前はどうしてあんなに凶暴だったんだ？」オビ＝ワンはそのかたわらにしゃがみこんで、森を見まわしながら、うろこに覆われたなめらかな腹をのんびりとかいてやった。「たぶん、あれは別のゴブラーだったんだな」

低い位置から見ると、ふくろ草の内部に液体がたまっているのがわかった。淡い光はそこから発している。植物が液体を作りだしたのか、そこに集められただけなのかは不明だ。ゴブラーはこれを飲んでいたにちがいない。たぶん、液体の化学的性質のせいで、ゴブラーは――おバカ（もっとましな言いかたはない）になったんだろう。

闇のどこかで叫び声があがった。警告や発見の知らせではない。単に居場所を伝える声だ。ゴブラーははっとしてくるっと元の姿勢にもどり、足をふんばって叫び声の方向に低い声でうなった。

ひとつ、思いついたことがあった。たいていの生き物はフォースに敏感だ。知識として知っていたし、動物にくわしいジェダイ・マスターとの任務で、プリーがそれを確かめている。今度はぼくが、概念としての知識を、実体験で使う番だ。オビ＝ワンはゴブラーの頭に手を置いた。心の中で小さなトゥイレックの姿を思いうかべ、なるべく完全な映像を作ろうとする。そしてその映像をゴブラーに押しだした。物理的に押したのではなく、精神的に、感情として押したのだ。少なくとも、そうしようとした。そんなことは一度もやったことはないし、できるかどうかもわからない。マスターが、めい想以外の経験を積ませてくれていたらよかったのに……。

驚いたことに、ゴブラーはぱっと振りかえり、別の方向に向かってそっとうなった。視線の先を追うと、遠くで震える木々の動きを感じた。アユージが木の上にいたときと同じだ。

「ありがとう、友よ」ゴブラーの平らなあごの下を一度だけさすり、示された方角に走りだす。

思ったよりも時間がかかった。木々の動きを目で見たわけではなく、ただ、それを感じただけだったからだ。だが、そう感じた理由をさぐったり、疑問をいだいたりする余裕はなかった。エイミットは、銀色に輝くなめらかな枝に必死にしがみついていた。枝は激しく揺れ動き、エイミットをふるい落とそうとする。木の根元には、あの岩の生き物がなだれのようにどっと押しよせ、取りかこもうとしていた。

「これはまずいな」オビ＝ワンはため息をついた。ライトセーバーに伸ばしかけた手を止める。あのゴブラーは危害を加えてこなかった。小さな岩の生き物たちにやられる前に、きっと逃げきれるはずだ。こいつらを別の場所に誘いだせば、ほかの仲間がエイミットのもとに来て、安全な場所に逃がすだけの時間をかせげるだろう。

ぼくが、おとりになればいい。「おい！」オビ＝ワンは叫んだ。「こっちだぞ！」

なだれのように押しよせる生き物は、こっちに動こうとはしない。「この足首を見ろ、よく動く丈夫な足だ！　おまえたち、骨を砕きたくはないのか？」ぼくの足首は、ちっとも魅力的じゃないのかな？　オビ＝ワンは気を悪くしないように努めた。それとも、ぼくのことなどまったく気にかけていないのか。

数歩、足をふみだしてみる。反応はない。群がってくるのを覚悟しつつ、群れの中に足をふみいれた。足を置いた場所をあらかじめ知っていたかのように、群れはぱっと分かれた。だが、それだけだ。オビ＝ワンにはまったく反応を見せずに、木とエイミットだけに集中している。

「おかしいな」この惑星は、意味不明だ。攻撃してくるか、無視されるかもわからない。こんな場所で、生きていける者がいるのか？　皆が生き残れたのは驚異だ。アユージがうまく指揮をとってきたおかげなんだろう。

木に飛びあがり、おびえた子どもの頭上の枝をつかんだ。「びっくりしたよ、こんなところで君と出くわすなんてね」笑みを見せ、もう大丈夫だと伝える。「夜はひとりで出歩かないほうがいいかも。今後もね」

エイミットはおびえた目を見ひらいてうなずいた。「手伝いたかったの。ひとりで収穫するつもりだった」

「それは集団でやるべき仕事だと思うよ。さあ、帰ろう」オビ＝ワンがうながすと、エイミットはその背中に乗り、両腕を首に回してぶらさがった。

オビ＝ワンは木から飛びおり――凶暴な枝の一撃をかろうじてかわした。「申し訳ない、友よ」と言いながら、群れの中におりたつ。ところが、群れは分かれずに、ごろごろと勢いよく脚にぶつかってきた。あやうくつきとばされるところだった。「おい、もうだめだぞ！」オビ＝ワンは叫んだ。「おまえたちに足首はやらない！」

小さな岩の生き物は、ぱっと広がった。目を細めて、歯をむき出している。飛びあがっておたがいの背に乗り、目にもとまらぬ速さで積みあがっていく。高く積みあがった勢いで……ぼくに襲いかかってくるつもりだな。自分の足首とその骨はとても気に入ってる。無傷のまま守りきるぞ。オビ＝ワンは、あの友好的なゴブラーのもとに走った。あいつなら、助けてくれるかもしれない。だが、そこに近づいたとき、こっちに走ってくる六本の足音を耳にして、考えなおした。

「たぶん、あいつの歓迎の気持ちは消えてしまったようだね、エイミット」予想どおり、ゴブラーは歯をむきだして、木々の間を駆けていった。オビ＝ワンはまたひとつ、穴を飛びこえ、振りかえってゴブラーに叫んだ。「おまえはとても複雑なメッセージを送ってた！　ぼくたちはつながっていたんだ！」

「こっちだよ！」闇のどこかで、アユージが叫んだ。

「見つけたぞ！」オビ＝ワンが叫び返した。「船に向かうよ。たくさんの仲間を引き連れてね」

背後の群れが速度を上げ、走るゴブラーの足を取りかこんだ。ぼくがプリーのマスターに選んでもらえなかったのは、これが理由なのかな。ぼくはあの生き物をちっとも理解してなかったし、つながってもいなかったんだ。どうしてそんな勘違いをしたのだろう?

振りかえって、死がどれくらい近づいているかを確かめようとした。それがまちがいだった。背後の存在のせいではなく、目の前を見ていなかったからだ。オビ＝ワンは足をふんばって急停止した。前方に、危険な険しい谷がぽっかりと口を開けている。だが、来るときもここを通ったはずだ。いったいいつ、こんな峡谷が現れたのだろう。

「じっとしてろ!」となりで誰かが叫んだ。カサルがオビ＝ワンの腰をつかみ、峡谷の向こうへ投げ飛ばす。オビ＝ワンは向こう側に着地した。エイミットはまだ背中にしがみついたままだ。

「ひとりでもなんとかやれたよ」オビ＝ワンは言った。

「そうだろうな」となりに着地したカサルが笑った。ふたりで闇の中を走っていると、ほかの面々が集まってきた。一行はともに木々をかわしながら、群れを後ろにしたがえて疾走した。

カサルがうれしそうな声をあげ、目の前の地面に落下した木を跳びこえた。皆が死んでしまうのではないかとかなり不安ではあったが、スリルに満ちていることは否定できない。フォースの技術を訓練以外で使うのははじめてだった。フォースを使って跳び、身をかわし、高く跳びあがって、生きのびるためだけに反応し、疑問をいだいたり考えなおしたりするひまもなく決断しては激しく身体を動かす。オビ＝ワンもまた、喜びのおたけびをあげた。自分がこんな声を出せるとは、今の今まで知らなかった。

ついに船にたどりつくと、ケーブルをつかんでひらりと舞いあがった。その足もとで、生き物が金属に衝突し、岩や歯がぶつかりあう音が響いた。

「今夜はやめて、レナーラ！」アユージが叫んだ。ほかの仲間も同意の叫びをあげた。ふと気づくと、オビ＝ワン自身も叫んでいた。やっと自分自身の感情を得たことがうれしく、ほっとする。

船に乗りこむと、アユージはオビ＝ワンからエイミットを受けとった。小さな子どもをぎゅっと抱きしめ、円すい形の耳に、いましめとなぐさめの言葉をささやく。

驚いたことに、ほかの皆がオビ＝ワンのまわりに集まってきて、抱きしめたり、肩をたたいたりしてきた。カサルはオビ＝ワンの腰をつかみ、くるくるとふりまわして笑った。

「オビ＝ワンに乾杯！　レナーラ最強の、〝空のゴミ〟に！」

ここは故郷を遠く離れた、ぼくがいるべきではない惑星だ。なのにその瞬間、まさに自分が欲した場所にいるという気がしてならなかった。

CHAPTER

14

翌朝、アユージ、ゼイ＝ブリイ、カサル、ネスギン、メムは食料採取の準備をしていた。ほとんどの果物は日中にしか採取できないし、採取したあとは腐るのが早い。シャシュは太陽の下に長時間いられないから、たいていは後ろで子どもたちを見まもる役目だ。オビ＝ワンは背中のエイミットをなんとかおろそうとしていた。どうやら、ぼくはこの子の移動手段に選ばれたようだな。

コムリンクが鳴り、オビ＝ワンは驚いた。「エース！」今のところ、ドロイドも船も無事だと知ってほっとする。そして、昨夜のどさくさにまぎれて、まだ船に戻っていなかったことに、わずかに罪悪感をいだいた。「こっちに船を飛ばせる？」

A6‐G2の答えはノーだった。そして多くの情報を付けくわえたが、オビ＝ワンにはよく理解できなかった。どうやら、ぼくのほうが船に行かなきゃいけないらしい。「待機してて。そっちに行くから」

やっとエイミットを背中からひきはがすと、すぐにはおりられないよう、高い位置のハンモックに寝かせた。「食料採取には行けないよ」とアユージたちに言う。皆は心底がっかりしたように見えたが、心配はしていない。つまり、いっしょに来てほしくはあるが、必要というわけではないのだ。ぼくはどう受けとめればいいんだろう。

カサルが肩をたたいてきた。カサルがそんなことを続けたら、ぼくの肩はすぐに青あざだらけになっちゃうだろうな。「こっちはおまえなしで、ずっと食料採取をやってきたんだ。船を取りに行くがいいさ」

オビ＝ワンはケーブルに手を伸ばしたが――フォースの不必要な使用は、聖堂では過剰だとみなされ、不快にも思われると知りつつ――そのまま船から飛びおりた。しばし自由落下の気分を味わうと、地面寸前で落下を止める。木々をよけ、急に現れる穴をさけて、ゴブラーと格闘する心の準備を整えて、地面を蹴って走りだした。

そんな準備は不要だった。数分後、走るのをやめて、周囲の銀色の幹に目をやる。地面近くの葉はきらきらと赤紫色に輝き、木のてっぺんに向かうにつれてその色は青から緑へと変わっていく。動くものはなく、攻撃もない。脅威となるものは何も見えず、感じることもなかった。

レナーラのことは理解できない。昼間は危険だが夜は穏やかなのかと思っていたのに、エイミットを背中に乗せたとたん、状況が変わった。特定の刺激にのみ反応するのだろうか。集団は嫌われるが、個人なら受け入れてもらえるのかも。

しかし、それならエイミットが攻撃されたのはなぜだろう？　木に登ったからか？　木がいやがっていたのはたしかだ。

オビ＝ワンはわきにどいて、なだれのような勢いで陽気に進む生き物を通してやった。その数匹が殻をほどき、まじまじとオビ＝ワンを見つめてから、また群れにもどっていく。命からがら逃げていない今になって、ここにはたくさんの動物がいることに気づかされた。網のような羽を足に生やした、宝石のような身体の生き物が、長い鼻に花粉をつけて、木から木へと滑空していく。巨大なふくろ草は、実は茎を伸ばしているのではなく、青い光を放つひとつ目のイモムシをすまわせているのだった。そして林床には、ほとんど姿の見えない何かがすばやく動きまわるもので、活気に満ちていた。

オビ＝ワンは大きな岩のひとつに登り、方角を確かめた。背後にはレナーランの船がある。この距離で見ると、やはり岩山のように見えた。そう遠くないところに、自分の船を置いてきた集落がある。クワイ＝ガンは、この件全体をどう思うだろう。あの人なら、どうするだろうか。レナーランたちを研究したいと思う？　彼らのフォースの使いかたを解明する？　皆をこの惑星から連れだす賢明な方法を思いつくだろうか。この惑星は彼らを殺そうとしているのだから。

でも、ぼく自身は、皆を連れだそうとすべきだろうか。自分たちだけでうまくやっているように見えるし、おたがいを愛し、たとえ厳しい暮らしではあっても、ここでの生活を苦にしてはいない。住みにくい惑星はとても多く、そこで生きのびるために住民は適応しなければならない。レナーラだけが条件が悪いわけではないのだ。

おまえは合理化しているぞ、と心の中でクワイ＝ガンが言った。重要なことについて他人と話しあうのはよい。だが、自分自身の良心と交渉を始めたら、フォースの望みに耳をかたむけず、自分の望みの正当化を試みてしまうぞ。

オビ＝ワンは岩をひとつ蹴った。

岩はぱっと開いて怒号をあげた。「ほんとにごめんよ！」キーキーと不平をもらしながら去っていく小さな生き物に向かって、オビ＝ワンは叫んだ。

でも、もしジェダイがまちがっていたら？　ジェダイ全部が、フォースが自分たちを導いてくれていると自分をごまかして、実は自分たちの欲求にもとづいてフォースのお告げを聞き、勝手に決めていたとしたら？　本当はそこにあるのはただ〝力《パワー》〟だけで、それをどう使うかにゆだねられているとしたら？

だめだ。この考え方は、暗黒面《ダークサイド》のにおいがする。ここには確かに何か奇妙なものがあることは否定できない。だが、ぼくが見てきたアユージたちは、おたがいをいつくしみ、自分よりもほかの者の安全を優先している。この星で、憎しみや貪欲さ、恐れをいだいて生きているようには見えない。いや、恐れはいくらかあるかも。この星は、恐ろしい存在になりうるのだから。

さいわいなことに、それ以上考える前に、古い集落に到着した。もう何も考えたくない。昨夜、闇を駆けぬけ、飛びあがり、ジャンプし、身をよじって何も考えずにひたすら動いたときの感覚を味わいたかった。そのほうがずっと簡単だった。

「やあ！」声をかけると、A6-G2が明るく迎えてくれたが、その信号音には、諭すような響きもただよっていた。

「もっと早く連絡をとるべきだったね。ぼくの不注意だった。ほかのことに気が散っていたんだ」アストロメク・ドロイドの緑色の頭をぽんとたたき、その前にしゃがみこむ。「何か問題はあった？　攻撃とか？　地面の裂け目にのみこまれそうになったり？」

ドロイドは頭のドームをひねって否定した。

「よかった。もし君が食べられてたら、すごくいやな気分になってたよ。気の毒な生き物にひどい消化不良を起こさせただろうしね。さあ、行こう。あっちの船に向かうあいだ、これまでのことを全部話してくれ」

Ａ６－Ｇ２に続いて船に乗りこむ。空席のままの副操縦席に無言の審判を迫られるような気がして、ここにはいないクワイ＝ガンに向かって、自分の怪しげな決断を正当化したいという衝動に駆られた。「それに……姿を現さなかったのは、あなたじゃありませんか」オビ＝ワンはつぶやいた。

だが、クワイ＝ガンは正しい。ぼくは計画をたてねばならない。確かにエイミットを助けはしたが、だからといってここに来た理由を正当化できるわけではないのだ。今日の午後はシャシュ、ホイッスル、トリルの安全な居場所を見つけることに集中しよう。ここを去るよう説得してみるのもいい。レナーラに来てからまだいくらもたたないが、彼らがここにとどまろうとする理由には共感をおぼえるようになっていた。この惑星には、何か中毒性がある。

それとも、ここに住む自由な若者たちが魅力的なだけかも。

オビ＝ワンは森の上を飛び、木々の動きが大きい場所がいくつかあることに気づいた。彼らがそこで採取しているのだろうか。時間を有効に使うため、低空飛行で広く飛びまわり、土地の調査にかかる。今はこの土地を多少知り、集落の発見にも専念しなくていい。西のほうには輝く大海原が広がり、灰色の岩柱に波が打ちよせている。流れ落ちる滝の水の半分は、沿岸の強風に吹き上げられていた。あの滑空する生き物がたくさんいて、たがいにふざけあいながら、水しぶきの中を高速で飛びまわっている。

陸地に引き返すと、ゴブラーの集団とすれ違った。ごろごろと取っ組みあいながら、子どもたちと遊んでいる。今日のところは、ご機嫌なようすだな。なんて奇妙な、気分の変わりやすい生き物だろう。船から東へ数キロのところに、大きな裂け目ができていた。船が進入したとき、船体の一部がここで壊れて落ちたにちがいない。周りの木々は枯れ、黒い焦げ跡が残っていた。

もっとよく見ようとその真上を飛んだとき、何かが変わった。まるで、冷たい水にたたきつけられたかのようだ。胸がぎゅっと締めつけられ、鼓動が激しくなる。息が苦しい。

上方で何かが放射され、その輝きが見えるような気がした。

「センサーは何か感知してる?」ほっとしてかじを切り、そこを離れながら、A6-G2に尋ねた。「放射線とか、有毒ガスとか?　何かある?」

ドロイドは大気の数値をコントロールパネルに送ってきた。その地域に異常はない。オビ=ワンは黒ずんだ裂け目を見つめ、今までにも増して困惑した。開拓船の大きさを考えれば、あれだけの損傷を与えた場合、船はもっと激しく壊れていたはずだ。だが、そんな形跡はなかった。

オビ=ワンは向きを変え、ふたたびレナーランの船に向かった。調査をしなければならない。

いいや、そうだろうか?　ぼくはパダワンのような行動をして、まだ情報を集めようとしている。マスターに提出するものを見つけて、自分が良い仕事をしたとを証明するために。

オビ＝ワンは眉をひそめながら、レナーランの船に着船した。規範《コード》について考えるのはやめよう。ぼくがどんなふうにそれに従っている（あるいは従っていない）のかも。クワイ＝ガンのことも、この状況でマスターがどうするかも考えない。これはぼくがかかえた謎であり、ぼくが適切に解決するんだから。

とりあえず今は、新しい友だちとともに過ごして、船上にプールをつくる方法を見つけよう。

CHAPTER

15

「あとどれくらいで、ビーコンの解析が終わりそう？」オビ＝ワンは尋ねた。シャトルを着けた墜落船の甲板は平らではなく、エースには進みづらい。オビ＝ワンは手を貸してやったが、重いドロイドを持ち運ばなければならないことも何度かあった。オビ＝ワンはうめきながら、ブースター機能のついたモデルを持ってくればよかったと後悔した。

Ａ６－Ｇ２はあいまいな信号音を鳴らしたあと、情報を追加した。オビ＝ワンには理解できなかったが、たぶん、置き去りにしたうえ、指示もないまま（そしていつ指示を受けるかもわからないまま）率先して働くことを期待するなんて、と批判したのだろう。

ぼくはドロイド言語《バイナリー》を学ばなくちゃいけないな。いや、そうでもないか。アストロメクの言葉がよくわからないのは、ある意味いいことだ。この惑星に滞在するにあたってのテーマにぴったりだ。誰ひとり、何も知らないってわけ。

いつもなら、何かを知るのは好きだし、答えが出るってことが好きだ。思えば、規則の存在すら好きである。規則があれば、何に従えばいいか――何に抵抗すべきかがわかる。規則やチェックリストや予測がなければ、自分が正しい選択をしているかどうかわからない。

ところが、ジェダイの外交術や歴史の訓練はすべて、ここでは何の役にも立たない。この惑星は、こっちを殺そうとするときもあるが、そうでないときもある。あの若者と子どもの集団は、いったいどこで訓練して、ぼくと同じくらいフォースを使えるようになったんだろう。

リビングに入っていくと、子どもたちははっと息をのんだ。そして林床でうごめく〝なだれ〟のように、ドロイドに群がった。エイミットは勇敢にも、A6-G2の頭をぽんとたたくと、メインの光受容器をまっすぐのぞきこんだ。ジャーパーとタンバーは金切り声をあげ、エースが動くたびに飛びのいては、くすくすと笑いながらまた近づいた。

メムはいつもにも増して怪しんだようすで、オビ=ワンから離れて身を隠している。ただし、真っ白な肌を船の暗がりに溶けこませるのは、いささか難しかった。

「よくもどったな」カサルの声には驚きがにじんでいた。「たくさん戦うはめになったか？」

オビ=ワンは首をふった。「いや、ぼくは――」

「よかった。戦いは得意じゃなさそうだからな」

「そんなことない！」オビ=ワンは咳ばらいをして、保身タイプという評価をくつがえそうとした。「ぼくは戦いの名人だよ。だけど、戦う前に必ず交渉をするよう訓練されてきたんだ」

「交渉って、何？　戦いの一種なの？」アユージが尋ねた。

「ちがう、戦いを避ける手段のひとつだよ。相違点を話しあって、全員が納得できる結論を出そうとするんだ」

カサルは鼻で笑い、果物をひときれかじった。「ゴブラーの歯と交渉してみて、結果を教えてくれ」

子どものひとりが悲鳴をあげた。A6-G2が、機械の腕を一本、ぽんと飛びださせたのだ。

「あの子たちは、動く機械を見たことがないんだ」ゼイ＝ブリイはそう言って、トゲだらけの果物を腕にかかえ、へやの真ん中の箱に投げいれた。果物は色も味もさまざまで、木の実のような味から甘いもの、驚くほど塩からいものまである。中に悪魔イカが入っているなんてサプライズはない。

「君は、動く機械を見たことがあるの？」オビ＝ワンが尋ねた。

ゼイ＝ブリイは肩をすくめた。「最後の船が発進するのを見てた。やかましい音がしてた。隠れてはいたけど、耳が痛くなった」。

「隠れていたの？　どうして？」

カサルも採取物を箱に入れた。「おれたちの家族は行きたくなかったからだ。だが、ほかの家族は、おれたちに行かせようとした」

新しい情報だ。対立があったとは知らなかった。「何人が残ったんだ？」

カサルはへやを見まわし、十数名のレナーラの住民を見た。「三十八人」

「そんなにたくさん死んだのか？」オビ＝ワンはあぜんとした。どうしても、皆をレナーラから連れだす方法を見つけなければ。なんとか説得しなきゃいけないぞ。

「誰でもいつかは死ぬ」カサルはそっけなく言った。

「そうだけど、皆が野生動物に食われたり、木に殺されたりするわけじゃないだろ！」

「大半は、そんな死に方をしたわけじゃない」カサルはオビ＝ワンに背を向け、会話を実質的に打ち切った。

じゃあ、その大半の人は、どんな死に方をしたというんだ？

採取グループのなかで、最後に戻ってきたのはアユージだった。果物の入ったふくろをどすんと箱に入れると、片腕についた深い傷にさりげなく包帯を巻いた。

オビ＝ワンはコンテナをのぞきこんだ。これだけしか食べないのか？　果物はひどいものではないが、繊維が多くて筋っぽい。長いことここにいたら、触手の危険をおかしてでも、ほかのものが食べたくなるだろう。聖堂には多くの種族が住んでいたから、いつでも珍しいものを試すことができた。「この果物以外に、何か食べたことはあるの？」

「それは食べ物よ」コンテナの陰からメムがにらみつけてきた。メムは常に、オビ＝ワンとのあいだに何かをはさむようにしている。

「わかってる。でも、別の種類の食べ物もあるんだよ。いろんな種類がある。食感も味もちがうし、調味料もあって、無数の調理法がある」

メムは顔をしかめた。「多すぎる気がする」

「以前は、ふくろ草を食べてたんだ」ネスギンが言った。「でも、手間がかかるわりに得られるものが少なくてね」

「食べにくかったんだ？」オビ＝ワンが尋ねた。

「ううん、食べにくいわけがないだろ？　ただの植物なのに」

オビ＝ワンは首をかしげた。「じゃあ、手間がかかるわりに得られるものが少ないってのはどうして？」

ネスギンは肩をすくめた。「たくさん食べないと、同じ効果を得られなかったんだよ。ねえ、君は持ってる？」

「ふくろ草のこと？」この会話についていくのは大変だ。

「ちがうよ。そんなものを食べるはずないだろう？　言ったじゃないか、そんな値うちはないって。君の食べ物を試してみたいんだ。新しいものを」

「必要なものはここにあるでしょ」アユージが言った。「皆がわたしたちに与えたかったものが、ここにはある」

ネスギンはしょんぼりして、角の生えた頭でうなずいた。「そのとおりだよ」

「だとしても、試すことはできるよ」オビ＝ワンが言った。なぜアユージは、ネスギンに試させたくないのだろう。「ただしその前に、大事なことをやっておこう」オビ＝ワンはシャシュに呼吸器を渡した。「えらに合うよう調整してみた。しっくりこなかったら教えて。ひとつしかなくて悪いけど」

シャシュは呼吸器を口につけ、二本のコードを首にかけた。大きな黒い瞳は、半透明の膜で覆われている。シャシュは小さな音を響かせた。もしかして、何かよくないことをしてしまったのだろうか。だがその瞬間、シャシュは両腕を回して抱きついてきた。

「息ができる」その声は感動に震えていた。「水から出ているといつも苦しかったのに、今は――」シャシュは急いでトリルとホイッスルの樽に駆けより、順番に呼吸器を使わせた。そのようすを見ていると、あとふたつ呼吸器があったらよかったのに、と深く悔やまれた。この惑星の水域に近づけないとは、どれほどつらく悲しいことだろう。レナーラは全員に敵意を向けているが、シャシュ、トリル、ホイッスルの三名は、最も被害をこうむっている。

アユージは鼻をすすったが、オビ＝ワンの視線を受けると、すばやくうつむき、箱に入った果物の量を確かめた。

「じゃあ、これで収穫は終わりだね」オビ＝ワンは言った。アユージに、ほかの対象に集中させてあげようと思ったのだ。

アユージは首をふった。「収穫じゃないよ。これは食べ物」

「じゃあ、収穫って何なの？」

アユージとゼイ＝ブリイ、カサルは意味ありげな視線を交わした。「この人も連れていく？」

「役に立ってくれるだろうね」ゼイ＝ブリイの言葉に尊敬を感じ、オビ＝ワンは誇らしく思った。

「たぶん、死にはしないだろう」カサルが続け、オビ＝ワンがふくらませたばかりの誇りは、ぺしゃんこにされてしまった。

ゼイ＝ブリイがオビ＝ワンの顔まねをして、舌を出した。オビ＝ワンは笑った。「ぼくを信頼してくれてありがとう」

「だけど真面目な話、死なないようにしてね」ゼイ＝ブリイが付けくわえた。

「最善を尽くすって約束するよ」

「けっこうね。明日、行きましょう。行く前には充分眠っておかなきゃね。昨夜はよく眠れなかったから」アユージはそう言って、ふざけたようにエイミットの頭尾《レック》を引っぱった。「真夜中の冒険に出ちゃだめよ、わかった？」

エイミットは重々しくうなずいた。「収穫が重要だってことはわかってる」

「いい子ね」

オビ＝ワンは、アストロメクのまわりに群がる子どもたちを見ていた。Ａ６－Ｇ２は明らかに、関心を集めるのが好きだ。子どもたちが興味を失ったように見えると、古いホロビデオを再生しはじめた。船の修理方法についての退屈な技術説明だったが、子どもたちは心を引かれた。話し手が誰であろうとつかもうとし、その手やかぎ爪が空を切ると、歓声をあげて笑った。

「あの子たちは家族といっしょにいるべきだって思ってるよね」アユージがそっと声をかけてきた。オビ＝ワンは驚いてアユージを見た。明らかに、アユージは皆の状況に責任と罪悪感をもっている。

ぼくがやってきて、シャシュとふたりの水生の子どもの助けになるもの（アユージには決して提供できないもの）を渡したせいで、罪悪感はさらにつのったのだろう。

「そうじゃないよ」オビ＝ワンは言った。「ぼくだってそんなふうに育ってはいない。たいていの人は、最低限、誰か大人に監督してもらうべきだと考えるだろうけどね」

アユージは肩をすくめた。「あの子たちにはわたしたちしかいないし、皆でできるかぎりのことはやってる。家族はそうしてほしいと思ってたし、そのやりかたを引きつがせてくれた。それを信じるしかないの」

「君たちはちゃんとやってると思うよ」つまるところ、ぼくは歴史的な美しい聖堂で、銀河で最も有数の優れた人々に囲まれて育った。でも、廃墟の船に育ち、ドロイドのまわりをぐるぐる走っている子どもたちほど幸せで自由だと感じたことはあっただろうか。

「もらった！」カサルが叫ぶと、オビ＝ワンのライトセーバーをベルトから引きぬいて、ゼイ＝ブリイに向けて投げた。受けとったゼイ＝ブリイはメムに向かって投げた。メムは、ライトセーバーがかみついてきそうと言わんばかりに顔をしかめ、ネスギンに投げた。今回は、自分の武器の盗人の正体がわかっているので、オビ＝ワンは平然と笑い、フォースを使ってライトセーバーを取りもどした。

「それはずるいな」カサルが眉をひそめた。「どうやるんだ？」

「えっ、できないのか？」フォースでしか説明がつかない方法で、跳んだり走ったりしていたのに。もしかしたら、フォースの使いかたをもっと深く教えてやれるかも。

アユージは厳しい表情で仲間を見つめた。「休んでって言ったでしょ？　明日のために取っておかないと」

「そうだな。エネルギーは温存しといたほうがいい」オビ＝ワンが言った。

「ううん、〝力《パワー》〟だけだよ」アユージが訂正した。「さあ」ゼイ＝ブリイの手を取って続ける。「エイミット、あなたはもっと責任を持ちたいと思ってて、それにふさわしいくらい成長してるよね。じゃあ、今夜は蓋《ふた》をする役目を務めなさい。皆、〝なだれ〟よりも早く、ハンモックか樽に入ってちょうだい」

エイミットは重々しくうなずき、ほかの子どもたちに言った。「聞いてたよね！　わたしが責任者よ！　ちょっとでも文句が聞こえたら、船から放りなげて、ゴブラーのえさにしてやるから！」

威勢のいい小さな独裁者への笑いをもらさないようにしながら、オビ＝ワンは皆に続いてはしごをのぼり、船の上部に通じるハッチに向かった。

皆をシャトルに案内した――ネスギンはすべてに興味津々のようだが、アユージとカサルはまったく関心をいだいていない。当然のことながら、メムはシャトルの外で身を隠し、遠まきに見まもっている。

オビ＝ワンは旅の糧食《レーション》を二パック取りだし、ネスギンに渡した。「よかったら、食べて。水を足さないといけないよ。それから、温めたほうがおいしいけど――」

ネスギンは、申し訳なさそうにアユージ（コックピットからメムに手を振っている）をちらっと見ると、銀色に光るパックの上部を破り、中身をなめた。唾液に触れた中身はすぐにふくらみ、ネスギンは目を丸くした。

「何だこれ？」口から食べ物をこぼしながら叫ぶ。

「ごめん、それは――」

「おいしいぞ！」ネスギンは無作法にむさぼりつづけた。笑って気持ちを傷つけてしまわないよう、オビ＝ワンは顔をそむけた。

「ほかにも食べたい人、いる？」

「それは失礼だ」カサルの口調は暗かった。

「いや、いいんだ。たくさんあるから――」

「おれたちの文化に失礼だって言ってるんだ。必要なものは全部ここにある。家族が犠牲になって与えてくれたものだ。ほかには何もいらない」カサルは船上の平らな部分に向かって歩きだした。そこにはマットと毛布が積まれている。

アユージがオビ＝ワンの腕に手をかけた。「あの子の態度にも、すぐ慣れるよ」なぐさめるような口調で言う。「でも、あの子の言うとおりだよ。必要なものは全部ある。君は、何もくれなくていいの」

残りの皆も、カサルに続いた。そしてオビ＝ワンも。皆は輪になって横たわり、星空を見あげた。虹のようにさまざまな色の星が、紫色、青色、緑色、金色にきらめいている。

コルサントでは、星を見るのは難しかった。天文台からは見えたが、それを使うにはパダワンですら特別な許可が必要だった。まるで、星をのみこんでいるような気分だ。こうして銀河を見あげていると、自分がちっぽけに思える。でも、友人であってほしいと思える面々に囲まれていると、その小ささが心地よかった。誰ひとりとして、銀河を見あげて不安やストレスを感じたり、自分のすべきことを思い悩み、騎士団《オーダー》やフォースを裏切っているのではないかなどと考えたりはしていない。自分自身の運命のゆくえを悩んだりしないのだ。

ぼくには、銀河に対する義務はないだろう？

それとも、あるのだろうか？

ゼイ＝ブリイがアユージの耳元で何かささやいた。ふたりは寄りそって、こちらには聞こえないくらい小さな声でくすくす笑いながら話している。メムとネスギンも同じようなことをしていた。急に憧れの思いがわきおこる。誰かに特別な思いをいだいたわけではないが、誰でもいいから親密になりたいと思ったのだ。誰かと指を組みあわせ、暗闇の中で、秘密と愛情の重みを感じ――

つながり。執着。

罪悪感で胃が痛んだ。聖堂を離れて二日目にして、すでに、ジェダイの生活の信条をすべて捨てたらどうなるかを想像している。でも、この集団の性質は、パダワンたちとそれほどかけはなれてはいないのでは？　皆で共同生活をし、ともに訓練をして、家族のように暮らしている。

たぶん、ぼくが恋しく思うのはそれなんだろう。友だちと離れ離れになって、ほかのパダワンたちがジェダイに成長するのを横目に、クワイ＝ガン（おそらくは姿を消したと思われる）にあてがわれて、ぼくは孤独を感じている。でも、そうすべきじゃない。フォースに元気づけられ、すべてとつながり、ジェダイの騎士としての自分の将来を見つけようと決意すべきだ。なのに、どうしてそんなふうに思えないんだろう。

レナーランたちは、ぼくみたいに規則や組織をもってはいない。自由で自然で、時には半ば野生的ですらある。しかし、おたがいに愛しあい、世話をしている。その決意は、全銀河全体のめんどうをみようと計画したぼくに匹敵するくらい強い。確かに、ジェダイの雰囲気はまったくないし、フォースのごく基本的な物理的な面しか使っていないが、もっと使えるよう訓練することはできるだろう。ぼくなら、そんな訓練ができる。

とはいえ、そこまでする理由があるだろうか？　何をするというのか。皆にめい想させるとか？　自分でもろくな結果を出せていないのに、精神的なつながりの話をするのか？　そんなことをしたら、ぼくがそうだったように、皆、疑いをいだき、失敗を恐れて落ち込んでしまいかねない。とんでもない影響を与えてしまうだろう。

ぼくは愚か者だ。自分がまだここにいるのは、何らかの形でここの皆を、あるいは騎士団《オーダー》を助けられるからだってふりをしている。この惑星にいるのはフォースのおぼしめしだと、自分にうそをついている。

ぼくがここにいるのは、単に、ほかに居場所がないからなのに。

ゼイ＝ブリイがふたたびとなりに来て、オビ＝ワンをじっと見つめると、そっとつぶやいた。

「悩んでるようだね」

「感じるの?」オビ=ワンはどきっとして、ひじをついて身を起こした。「ぼくの心の状態を感じられる? じゃあ、フォースを使ってるってことだよ、いつもの使い方じゃなくて――」

ゼイ=ブリイは片手をあげ、笑った。「いや、そういうことじゃない。顔まねを覚えると、表情を読む方法も習得できるんだ」。

「そうか」オビ=ワンはため息をついて、ふたたび横たわった。「まあ、まちがってはないよ。ぼくは悩んでる。ぼくはただ――自分が正しい道を進んでいるかどうか、確かめる方法がわからないんだ。生涯をかけて、フォースとその使いかたについて教わってきたのに。目標はたったひとつだけだった。そこにたどりつくために必要なことはすべて勉強し、学び、記憶してきたんだ。だけど君たちを見ていると、どれも重要ではなかったように思える」

「確かに、そう思うかもしれない。でも、知ってのとおり、ものごとは見かけによらないものだよ」。ゼイ=ブリイは顔をつぎつぎに変化させて、自分の主張を証明してみせた。「だから、見た目の話はしないで、どんな感じかを教えて」

オビ=ワンは振りかえって、周囲のレナーランたちを見た。楽しそうだ。笑ったり、話したり、果物を投げあったりしている。ぼくの一部は、自分を解きはなちたいと思っている。ジェダイの騎士になるのをあきらめ、ここの皆と同じようになれればいい、と。

それでも……どこかまちがっている気がする。ゼイ＝ブリイや周囲の友人たちがまちがっているわけではない。誰ひとり、悪くはない。むしろ、その反対だ。しかし、どうしても振りはらえない思いがひそんでいた。ぼくはそれに引っぱられ、自分が感じたいと思う幸せや安らぎから引きはなされ、深い不安の中に取りのこされてもがき苦しむのだ。

結局、自分の感情を信じるべきではないのかもしれない。それこそが、ぼくの問題なのかも。長いあいだ、フォースの望むとおりに感じようとしてきたせいで、自分自身の感情をいだく方法がわからないのだ。過去を手放し、現在のみに生きるよう集中して、ただひとつの未来にすべてを託してきた。

ジェダイの騎士。

それを目ざす以外のことには、不快をおぼえるだけだ。この惑星にいるあいだ、ずっと感じていたのは、自分自身の罪悪感なのだろう。これまで歩んできた唯一の道を、永久に離れてしまうのではないかという恐怖だ。

「それができればいいんだけど」オビ＝ワンはため息をついた。クワイ＝ガンにはいつも、自分の感情を信じろと言われていたが、ぼくの感情の大半は恐怖に根ざしたものだ。暗黒面《ダークサイド》につながるかもしれないものを、どうすれば信じられるっていうんだ？

「ここにいつまでいるつもり?」ゼイ＝ブリイが尋ねた。

「まだ、確かめなきゃいけないことがあるんだ」

「君のフォースとやらを、皆がどうやって使ってるかって?」ゼイ＝ブリイはからかうような口調で言った。

「そうだよ。それから、シャシュやホイッスル、トリルをどうやって助けるかだ。もっといい方法が見つかると思うんだ」だがもうひとつ、あまりにも恐ろしく危険で、口には出せない疑問がある……そもそも、ぼくは帰りたいんだろうか。

皆はぼくを受けいれて、ここにいさせてくれるだろう。レナーラに家をもてる。もしかすると、オーラもまた、それを探していたのかも。だからこそ、記録を更新しなかったのかもしれない。ここに逃げこんで、二度と離れなかったのかも。なぜなら、コルサントに戻るという行為は、聖堂で何が待っていようと立ち向かえると信じることだからだ。たとえジェダイの騎士となる未来がなくなるとしても(そんな未来が本当にありうるとしたらの話だが)。戻るということは、自分が希望する場所とは関係なく、自分がいるべき場所にフォースが導いてくれると信じることなのだ。

だが、そもそもフォースに必要とされていなかったら? 必要とされていると思いこんでいたのは、ただのうぬぼれだったとしたら？　ここにいるのは、ぼくには運命などなく、騎士団にも銀河にも居場所がないという証拠なのかもしれない。

フォースがぼくをここに導いたのかもしれないし、そうではないのかもしれない。いずれにせよ、ぼくは今、適切な場所にいるということになる。ここで誤っているのは、フォースが自分のあるべき姿を伝え、そうなる方法を教えてくれるという、頑固で傲慢なぼくの主張だけだ。

「わからないんだ、ここにいつまでいるのか。いつそれがわかるかも、不明だ」何かが不明だという状態は嫌いだが、その不確かさに慣れてみよう。その中に、この瞬間に存在するよう試みよう。クワイ＝ガンに、そうあるよう常に求められていたように。

「そうか、せめて明日まではいて、収穫を手伝ってほしいな、お願いだ」ゼイ＝ブリイは初めて不安そうな声で言った。「だんだん難しくなってるんだ。アユージが無理をしすぎるのを心配してる。もしあの子がいなくなったら……」ゼイ＝ブリイの声がとぎれた。

「手伝うよ。必要なことなら何でもする」

その言葉にうそはなかった。胃はまだ痛く、どこかおかしいという感覚はしぶとくて無視しきれないが、どこにも行くつもりはない。

まもなく、レナーランの船の居住区におりるハッチから、怒りの信号音が鳴り響き、オビ＝

ワンを呼び出した。

オビ＝ワンは駆けよって、Ａ６－Ｇ２をかかえあげる手伝いをした。どうやら、思っていたほど、子守を楽しんではいなかったらしい。だが、オビ＝ワンが呼ばれたのはそのせいではなかった。機械の腕の一本が、あのビーコンを差しだした。ついに接続に成功し、情報をスキャンしたのだ。

オビ＝ワンはビーコンを受け取ると、シャトルに乗りこんでＡ６－Ｇ２の報告書を読んだ。しかし、ビーコンと交信した瞬間の膨大な通信以外には、何もなかった。解読できるメッセージはなく、メッセージを残した者の情報も、助けを必要としている者の情報もない。それは宇宙に取りのこされた、古い機械にすぎなかった。

もしかしたら、ぼくはこのビーコンの持ち主を知っているのではないだろうか。シャトルを出てビーコンを古い難破船の横に置き、素材を比較してみる。精巧な分析装置がないかぎり、判別は不可能だ。このビーコンは、船が最初に遭難したときに発信されたのかもしれない。小惑星帯を切りぬける道を見つけ、レナーラで運命が定まる以前のことだ。だが、それを証言できる者は、ひとりも生き残ってはいない。

ビーコンは宇宙に向かって必死に懇願したが、向こうには誰もおらず、誰も待っていなかった。「気持ちはわかるよ」オビ＝ワンは物言わぬ金属のかたまりに同情をおぼえた。

＊＊＊

ほかの皆は文句を言いながら、なすすべもなく船内を歩いていた。彼らは答えを求めた。自分が何をしているのかわかっているのかと尋ねてきた。投資者の代理人は、悪い報告を送るぞとほのめかし、船を引きつぐとまでおどしてきた。だが、必要なのは忍耐だ。冷たい宇宙空間で数時間、数日を漂ったところで何だというのだ？　最後のパズルのピースもないまま、できるかぎり近づいている。長いあいだ苦しんできた男は、最後の待ち時間を耐えることができた。

これほど強く信じるのはばかげているかもしれないが、男は気にしなかった。誰もおれを自分のものから遠ざけることはできない。置いてくるしかなかったもの。どうやってやつらはそうさせたのか？　自分たちのしていることを知りつつ、どうして悲鳴をあげるおれを船に引きずりこんだのか。やつらは何を見捨てようとしていたのか。

男は操縦装置のそばを離れず、画面を見つめた。あの惑星のことを考えながら。あそこにあるもの、変わってしまったもの、決して変わらないもののことを。無言のまま、執拗《しつよう》なまでの決意をいだいて見つめつつ、最後のピースが自分のもとに来ることを願う。

そしてついに、それは押しよせる数字の波となって現れた。「見つけた」涙を浮かべながら、男はささやいた。「今、行くぞ」

CHAPTER

16

夜が明けた。明るく澄んだ、暖かな朝だ。空は乳白色に輝いている。目をさまして、こんなに美しい光景を目にするのははじめてだ。ほかの数名といっしょに船の上で眠っていたオビ＝ワンは伸びをし、体を起こした。慣れた環境ではないのに、これほどぐっすり眠れるのは不思議だ。

朝のめい想に入ろうとして、はっと気づいた。誰も見ていない。ぼくのめい想を期待する者はひとりもいない。ぼくはめい想が好きじゃないし、それで得ることもない。なのに、どうしてまだめい想をしなければならないと思うんだろう。トラブルに巻きこまれそうな気がするとか、やらなければ誰かを失望させるとか、そんな単純な理由で行動するのはやめなきゃいけない。

めい想したいという気持ちをおさえ、いまだに続く、何かがおかしいという思いを無視した。それはただ、決まった行動から外れて、今まで知っていたたったひとつの生き方を離れているから感じるだけなのだ。ぼくはいずれ、もっとなじんでいくだろう。

そうなるのか？

ぼくはすでに、もうもどらないと決めたのか？

このままレナーラで生涯を過ごし、新たな友人たちと走りまわるのだろうか。それで充分なのか。そうなるのか。ほかのパダワンたちの言うとおり、クワイ＝ガンはすでにジェダイ騎士団《オーダー》を抜けたのだとしたら、オビ＝ワンが同じ行為に出ても、止める者はいないだろう。少なくとも、あそこで一生を終える前に騎士団を離れることになる。

だけど……ほかのジェダイがそばにいない未来は想像できない。

「心配そうだな」カサルが言った。「収穫のことか？」

「自分の将来について考えてた」オビ＝ワンはため息をついた。「そんなことしちゃいけないのに。現在を大切にし、生けるフォースとつながってなきゃいけないんだ。過去にとらわれたり、未来がどうなるか心配したりしないでね」

カサルは笑った。「うまくやれているのか？」

「あんまり」オビ＝ワンは認めた。「未来を心配しないように努めると、それはますます、木の上にひそんでぼくを食い殺そうとするゴブラーみたいに思えてくるんだ」

「それはちがうよ」カサルはなだめるようにぽんぽんと肩をたたいてきた。「ゴブラーは、下からおそってくる。上からじゃない」

「それはどうも。とても元気づけられたよ」

「ここにいろよ。目の前のことだけを心配する方法を教えてやろう。ここには、不安をまぎらわせるに充分すぎるものがある。それに、心配するほどの未来はちょっぴりしかない」

「どういう意味だ?」オビ=ワンは尋ねたが、カサルはすでにハッチから飛びおりていた。カサルは本当に、ぼくには能力なんてほとんどないと思い、レナーラにいたらすぐに死ぬと考えているのだろうか。


オビ=ワンは船のへりからのぞき、森をながめた。朝の光の下で木々は震え、葉を広げて太陽を迎えている。光り輝いているようだ。ここから見た木々は、純粋だ。美しくて、まったく脅威を感じさせない。

「いよいよ、今日だよ」アユージのきっぱりとした声は険しかった。オビ=ワンが向きなおると、アユージはすでに身なりを整え、古着を何枚も重ね着していた。ブーツはふくらはぎのところで、シャツの切れ端らしいひもを使ってしっかりと縛られている。「必要な準備をして。でも、覚えておいてね。結局、身の安全を守ってくれるのは〝力《パワー》〟だけよ。だからわたしたちはこれをするの」

「どうやって使うの？　ここの指導者として？」オビ＝ワンは純粋に疑問をいだいた。導いてくれたり、規則を教えてくれたりする者も、最終的な決断を下す者もいないのに、それほどの責任を負うなんて想像もできない。だからこそ、レナーランたちは皆とても能力が高く、フォースを使えるのかもしれない。君にはできないって言われることがないからだ。

「君は、もといた場所では指導者じゃなかったの？」

オビ＝ワンはかぶりをふった。「全然ちがうよ」

「じゃあ、そこではどんな人が優れた指導者なの？」

オビ＝ワンはマスター・ヨーダを思いうかべた。マスター・ヨーダは、生徒が自分で答えを見つけるようようながす。生徒が自分で経験を積めるときには、決して情報を与えようとしない。「生徒の長所を見ぬき、それを生かす手助けをするんだ」

アユージの顔を疑念がかすめた。「ここでは、指導者は皆を生かしておくよう最善を尽くす。それだけ」そして皆のようすを確認しにいった。

アユージは純粋にカリスマ性と技術によって指導しているのであり、ジェダイ評議会のようにもともと権威をもっているわけではない。ただし、評議会もずっと今の評議会のままだったわけではないだろう。過去には——遠い遠い過去だ、評議会の面々はうんと年を取っているから――パダワンだったはずだ。彼らも苦闘していたのだろうか？　フォースとのつながりや、銀河における自分の居場所に疑問をいだいただろうか？　あるいは、自分たちが何者なのか、どう行動すべきかを常にきちんと心得ていて、だからこそ今、評議会に加わっているのだろうか。

「君の姉さんはすてきだね」オビ＝ワンは、ふたたびそばに来たカサルに言った。

「姉はゼイ＝ブリイと愛しあってるんだ。ずっと前からね」カサルが警告した。

「ああ、知ってるよ！」オビ＝ワンはほほえみ、オビ＝ワンに無駄な期待をもたせたくないというカサルの思いに心を打たれた。「どっちみち、そういう執着はもってはいけないんだ」

でも、もしこのままもどらないとしたら、本当にいけないことなのか？　ぼくはそれをもちたいと思うのだろうか？　ずっと禁じられてきたことを考えるだけでも、ライトセーバーの光刃《ブレード》に手をかざすような感じがした。数名の友人が、物理的な関係に手を出したことは知っている――シリはおそらく、ぼくが望みさえすれば受けいれてくれただろう――だがそれは常に、誘惑ではなく障害のように思えた。

「それに」オビ＝ワンは急いで話題を変えようとした。誰のためでもなく、ひたすら自分のために。「指導者と関係を結びたくはないな。政治家や王族に近すぎる。もし恋に落ちるなら、穏やかな人がいい。平和的で、うまくつきあっていける人だ」

「挑戦してこないような人がいいんだね」

オビ＝ワンは笑って肩をすくめた。「正直に言うと、自分が何を望んでいるかわからないんだ」

カサルも肩をすくめた。「ここにはあまり選択肢がない。おれも、自分の未来に愛があるとは思わないけど、それでいいと思う。家族を安全に守る〝力《パワー》〟があるかぎり、充分だ。ただし、キスにはずっと興味があるし、アユージとゼイ＝ブリイがあんなにキスを楽しんでる理由は気になってるよ。君も興味があるなら教えてくれ」

オビ＝ワンは顔を赤らめた。「そうするよ。教えるっていう意味だよ、今すぐ君や誰かとキスするわけじゃない」誰かとキスをすることは、決して自分やジェダイに対する裏切りではないと思えるようになることがあるだろうか？　もしそうなれたら、誰とキスしたいだろう？

レナーランたちは自信とカリスマ性を備え、魅力的だ。でも、そのうちの誰かとキスするなんて、想像もつかない。

たぶんぼくは、皆のうちの誰かといっしょにいたいのではなく、皆のようになりたいのかもしれない。

あるいは、全員とキスしたいのかも。でも、メムは別だ。だって、そんなことをしたらあの子をかんかんに怒らせてしまうだろう。

　いずれにせよ、誰ともキスをするつもりはない。レナーラではすべてが単純に思えると同時に、ありえないほど複雑に感じられる。そのせいで、何もかも悪化するんだ。

「収穫はいつ始められる？」オビ＝ワンは叫んだ。単純な動作と、森の中に入っていくという生死のかかった真剣さが欲しい。前に進む道が、純粋なサバイバル行動だけなら、何もかも容易になる。

　アユージが答えた。「すぐに出発するよ。半日かけて歩くことになる。皆、自分の〝力《パワー》〟を制限しないとだめだよ」

「つまり、無理をして疲れすぎないようにしろってこと？」皆が話す言語はオビ＝ワンと同じ銀河標準語《ベーシック》だったが、耳慣れない言い回しや単語が含まれていて、長いあいだ孤立していたことがわかる。

　アユージは手をふった。「単に〝力《パワー》〟を使い果たしちゃだめってこと。出発したほうがいいね」

「ぼくのシャトルに乗ったらどう？」オビ＝ワンが申し出た。「半日くらいの行程なら、あっという間に着くよ」

「安全なの？」アユージは用心深くシャトルを見た。

「まちがいなく、森よりは安全だよ。決して、スピードを出しすぎたり、高く飛びすぎたりはしない」誰ひとり、動く船に乗った経験はない。怖がらせたくはなかったが、少々感銘を与えたかったのかもしれない。船が空を飛ぶなんて当たり前だと思っていたから、驚くべき可能性をもつものとして眺めるのはいい気分だった。「エースもいっしょに行く。操縦はお手のものだよ」

A6 - G2は信号音を鳴らして肯定した。ビーコンはレナーランの船の上に放置されたままだから、子どもたちを楽しませる以外にすることがないのだ。A6 - G2は、タラップに向かっていそいそと転がりはじめた。

「でも、万一何かが起きて、船が壊れたら?」ネスギンが尋ねた。

その思いつきには強い恐怖がこもっていた。そして、混乱した憧れの気配も。その場合、ぼくは決断せざるをえなくなり、選択肢はなくなる。身動きが取れなくなる。聖堂でも行き詰まりを感じ、だからこそここに来たんだ。あそこで行き詰まるか、ここで行き詰まるか。同じように思えるが、ここにはぼくを必要とする人々がいる。

ぼくは、自分の船で無謀な行為に出ようとしているのか? それとも、決心しなくてすむよう、自分を破壊するような行為をしているのか。ちがう。ほくはただ、最善の策を選び、ほかに助けてくれる者のいない若者たちを助けようとしているだけだ。パダワンとして、助けの手を差しのべるのは義務である。

ぼくは今も、自分はパダワンだと思っている。何をどう考えようと、それがぼくのアイデンティティだ。

オビ＝ワンはコックピットを指さした。「危険な状況になったら、ぼくがいなくてもエースが船を操縦してここにもどってこられる」これまでずっと、アストロメクのことは考えていなかった。ぼくがこの星に残れば、バッテリーは切れてしまうだろう。そう思うと、罪悪感をおぼえた。エースがいなくなったら、昔の生活や共和国とのつながりが失われてしまう。それは憂鬱な思いだった。

かつて、クワイ＝ガンとともに訓練を行ったことがある。訓練室には障害物が設置され、小さなドロイドが四方八方から攻撃してくる。驚いたことに、あたりを見渡せる場所を確保しようと登った柱が割れはじめた。どちら側に行けばいいのかわからない――残りの障害物をクリアするには、どっちが正しい選択なのだろう。迷っているうちに割れ目が広がり、オビ＝ワンは床にたたきつけられてしまった。

あざのできた背中をさするパダワンに向かって、クワイ＝ガンは優しくほほえみ、こう言った。「時には、何も選択しないよりも、何かを選択したほうが安全な場合があるのだよ」

ぼくは今もなお、広がりつづける虚空を、足を置く場所もわからないまま歩いている。

疑わしげにシャトルを見ていたアユージも、どうやらこの計画を認めたようだ。「わかった。もし船を送りかえさなきゃいけなくなっても、収穫後はちゃんと歩いて帰れる」

皆がうなずき、期待に胸をふくらませて、指を曲げたり、床に足を踏みならしたりした。

シャシュは残って子どもたちのめんどうをみることになった。子どもたちは安全な距離をとって、別れの手をふっている。コックピットでは、自分の席に着いたオビ＝ワンの周囲を、緊張した面持ちの皆が取りまいた。ただしメムだけはドアのそばにかがんで、今にも逃げ出しそうに見える。飛んでいるシャトルの中で、いったいどこに逃げられると思っているんだろう。

オビ＝ワンはT－5を空中に浮かばせると、できるだけなめらかに上昇させようとした。

「どっちの方向？」オビ＝ワンが尋ねた。アユージは指をさし――その手がオビ＝ワンの頭にぶつかった。座席の背もたれをぎゅっと握っている、いつもは紫色の指の関節が、顔のそばかすと同じくらい白い。オビ＝ワンは、その指がさした方向に船を向けた。

「とてもきれいだ」ゼイ＝ブリイが言った。コックピットの窓に片手を押しあてて、下を見つめている。「思いもしなかった」その景色を見て喜ぶのではなく、深く悲しんでいるような口調だ。ほかの仲間は景色を見ようとはせず、コックピットの中央に身を寄せている。オビ＝ワンは無理強いはせず、怖がらせそうな派手な操縦は避けることにした。実際、ネスギンは今にも朝食を吐いてしまいそうなようすだ。そんなことに関わりたくない。

歩いていけば数時間かかっただろうが、できるだけゆっくり飛んだにもかかわらず、数分後には方向の指示は不要になった。行き先ははっきりとわかった。

「いやな予感がする」オビ＝ワンはつぶやき、地面に深く刻まれた焦げ跡をじっと見つめた。

CHAPTER

17

恐ろしい傷跡は、地面に突きだした巨大な岩の下に広がっている。その岩は、惑星のどこにでも見られる、幾何学的な柱でできていた。しかし、岩の周囲を飛びながら着地場所を探していると、ほかの岩にはない特徴にオビ＝ワンは気づいた。

「これは建物なのか？」とても信じられなかった。住居を示す証拠は、岩の地層を掘ってつくられた入り口だけだ。それも、よく見なければ目にとまらない。

「あそこには入らないよ」アユージは簡潔に言った。

「どうして？」

「とにかく、入らないんだ」

オビ＝ワンはその場所に惹きつけられた。ここでは謎を探検すると心に決めたんだし、巨大な岩の真ん中にある入り口なんて、謎に満ちている。「着陸には最適の場所だ」とオビ＝ワンは言ったが、その言葉の一部は言い訳だった。実際、森の中に船を置き去りにしたくなかったし、もちろん、あの恐ろしい裂け目の真ん中に置くわけにはいかない。初めてあの上を飛んだときの気分は、今も忘れられなかった。あそこには何か不快な感じがある。自分の将来を決めかねているとはいえ、シャトルをなおざりにするつもりはない。

岩の入り口には、あの裂け目を見はらす平らな台があり、T－5の着陸には充分な広さがあった。オビ＝ワンは出力を落とし、着陸した。「エース、状況はどうだい？」全員がコックピットを出てタラップをおりると、オビ＝ワンは尋ねた。

アストロメクは陽気に信号音を鳴らし、スキャンはすべて異常なしという情報をディスプレイに送ってきた。

「エースは問題ないって言ってる」皆に追いつき、オビ＝ワンが告げた。

「エースはあまり賢くないね」カサルは地平線を指さした。

カサルが示した方角を見ると、背後に巨大な嵐がわきあがり、空に達していた。赤く染まった雲をなぞるように、稲妻が走っている。嵐はまっすぐにこちらにやってくるようだ。

「君は、あの嵐を感知できないの？」オビ＝ワンは、タラップを転がりおりてくるドロイドに尋ねた。

A6－G2は、できないと答えた。その答えは、いつもよりずっと元気がなく、ぶっきらぼうですらあった。

「帰ったら調べてみなくちゃな」機械やドロイドを扱う技術に優れているわけではないが、大気の乱れを感知できないA6-G2には、何か問題があるはずだ。シャトルのシステムの側が故障しているのかも。いずれにせよ、助けを呼ぶには遠すぎる場所で機械が壊れるというのは、楽観的に考えても不便だし、悲観的に考えれば、最悪の不安でしかない。

ここに残るのなら、これが普通となるのだろう。そして永遠に、果物しか食べられなくなる。テクノロジーもなく食べ物の種類も限られるという考えのほうが、これまでなじんできたすべてから離れるという考えよりも恐ろしいとしたら、ぼくは甘えているのだろうか？ 少なくとも、それに近いのか。テクノロジーや食べ物、新しい衣服のことを考えるほうが、自分が望んできたただひとつの生活や未来を捨てることよりも簡単なのはまちがいない。

「行こう」オビ=ワンはそう言って、岩の入り口に向かって歩きだした。またもや、考えることよりも行動を選んだのだ。行動のほうが単純だ。「あの入り口から内部に続く道があるはずだ。でなきゃ、この高台まで上がってこられないだろう？」

「だめ」アユージが首をふった。

「あそこには入らないよ」ゼイ=ブリイも同じ意見だった。全員が、できるだけ入り口から離れ、高台から落ちないぎりぎりのところまで下がっている。

「危険なのか?」

「わからない。それは、教わった規則のひとつなんだ」。

「誰に教わったの?」

「おれたちの親だ」カサルが言った。

ただ規則が存在するという理由だけで、それに従うことは理解できる。親から引きついだ伝統に失礼なことはしたくない。しかし、ぼくにはそんな規則はないし、あの入り口に惹かれることは否定できない。レナーラに関わる答えがあるにちがいない。皆は今を生きることに充分満足しているかもしれないが、ぼくは過去についてもっと知りたいんだ。自分の将来を決める助けになるかもしれない。

自分の信念に反するわけではない。確かに、過去は手放すべきだけど、過去から学ぶべきこともある。だからこそ、ジェダイはあの膨大な公文書館を持っているんだ。

オビ=ワンは高台のへりからのぞいてみた。地上までは遠い。「飛んでおろしてあげられるかな?」

メムは首をふった。いつもまっ白な肌が、さらに青ざめている。「だめ! これ以上は飛ばない。わたしたちはジャンプできる」

アユージはうなずかなかった。「今すぐ〝力《パワー》〟を使う余裕はない。おりていくしかない」

「絶対に、内部におりる道があると思うよ」オビ＝ワンが言った。

アユージはくちびるをかみしめた。明らかに悩んでいる。「どうぞ行ってちょうだい。下で落ち合いましょ」

それ以上ごり押しするわけにもいかず、オビ＝ワンはうなずいた。「気をつけて」仲間に背を向け、アーチ形の入り口から入る。かつては扉があったのかもしれないが、今はぽっかりと開いた入り口だけが、中に迎えいれてくれた。

明かりはなく、壁はかたい岩でできている。ほんの数歩いただけで、ほぼまっ暗になった。オビ＝ワンはセーバーを取って起動し、ぼんやりと光る青い光刃《ブレード》をたよりに歩いた。

攻撃や脅威に備えて気をひきしめる。この場所が立ち入り禁止なのには何か理由があるはずだ。壊滅的にひどいものがいるにちがいない。だが、一見したところでは、なめらかに掘られた通路はレナーラで最も危険の少ない場所に見えた。ぼくを食べたり殺したりするような生き物や木々は、まったくいない。

広くひらけた場所にたどりついた。組みあわさった岩の中央が空洞になっているのだろう。あの古い集落の原始的な建物はこんな感じじゃなかった。レナーラの入植者たちに、山のような岩をくりぬく技術があったなら、もっと複雑な家を建てていたはずだ。この空間の広さを把握し、ここを出る通路を発見しようと、壁をたどってみる。そのとき、ライトセーバーに照らされたものに惹きつけられた。

壁に刻まれていたのは、巨大な壁画だった。ジェダイ聖堂の壁画と似ていて、その古さはまさるとも劣らない。この場所で風雨から守られ、ゆっくりと年月を重ねてきたのだろう。これほどくずれ、すり減るまで、どれほどの時間を経てきたものか。

「では、あの入植船が、初の知的生命体というわけではなかったんだな」オビ＝ワンはつぶやいた。「もともとの住民はどうなったんだろう」

文字や記号がいくつか記されていたが、あまりに古く原始的で、オビ＝ワンには読めなかった。だが、描かれた絵によって物語は充分に読み取ることができた。ある種の船が星々から落ちてきて、ここに着陸したのだ。実際は、墜落といっていいだろう。壁に刻まれた跡を指でなぞってみる。外で見た裂け目と同じだ——サイズは小さいが。

労働や生活を描いた壁画もいくつかあった。かつての入植者たちは三本足で身体は細く、頭には角がそびえ立っていた。森で踊り、ゴブラーに乗る彼らのそばには、木々やふくろ草がたくさん描かれている。その絵は穏やかで、平和で、美しかった。

やがて、絵は大胆さを増した。人物はより大きく、ごつごつした身体になっていった。岩に立ち、空に向けてかざした手には、小さな太陽のような丸い球を持っている。それは王冠にも見えたが、判別はむずかしい。

ふたたび裂け目が描かれ、手に道具を持った小さな人影がその周囲を取りかこんでいた。何かを掘っているようにも、植えているようにも見える。大きな人物はさらに大きくなっていき、空にかかげた両手からは稲妻が出ているように見えた。

そして突然、壁画はとだえてしまった。

オビ＝ワンは急いで進んだ。壁の最後の部分には、さっきまでの絵のような細心さも芸術性もない、最後の壁画が描かれていた。最初は意味がわからなかったが、やがて気づいた。これを描いたのが誰であれ、ただやみくもに壁を引っかいたのではない。

これは死体だ。さっきまでと同じ背の高い、ごつごつした身体が、ここでは命を失い、うつぶせになって、地面の裂け目のそばに積まれている。ひとつの人影だけが立って、うちひしがれたようすでお辞儀をし、惑星の地表に刻まれた裂け目に向けてふくろ草を差しだしていた。

それで終わりだった。おしまいだ。

「良い終わりではないな」オビ＝ワンはつぶやいた。この文明がどんなものだったかも、どこから来たのかも不明だが、大惨事が起き、大量の死によって終わりを迎えたのだ。大昔のできごとだったにちがいない。この隠された寺院（ほかにどう表現したらいいかわからない）以外に、アユージたち以前にレナーラに住民がいた形跡はないからだ。

オビ＝ワンは絵に近づいた。絵のそばに、ライトセーバーの刃と同じ大きさの穴がある。自分の光刃《ブレード》を近づけてみた。穴のまわりには、焦げた跡があった。これは意図的に開けた穴だ。指を二本、ためらいがちに入れてみると、冷たい金属が指に触れた。それを引きだすと、データチップのようなものだった――ただし、見たことがないほど分厚くて、古いものだ。

ウェイシーカーのオーラだ！　あの人にちがいない。結局、ここにたどり着いていたんだ。データチップをポーチのひとつにしまい、A６‐G２がこのデータにアクセスできることを祈った。わくわくする思いをおさえきれない。ぼくは、ジェダイがずっと昔に残した証拠を見つけたんだ。だがその思いには、強い恐怖もふくまれていた。これで何が見つかるのだろう？自分の将来を決心する助けになってくれるだろうか？

ぼくは、そうなってほしいのだろうか？

オビ＝ワンは最後にへやの中を見まわし、ほかに情報や証拠がないか探したが、何も見つからなかった。それに、危険な外で仲間を待たせておきたくはない。最後の恐ろしい壁画から急いで離れ、別の通路を見つけた。その通路はらせん状にゆるやかにのびていたが、行き止まりになってしまった。岩にふさがれてしまったのだろうか。それとも、このトンネルではどこにも行けないのか？　高台に戻って、仲間たちと同じように下におりることもできるが、この圧倒的な暗闇からどうしても出たくてたまらない。

ここは、さっき思いついていたような寺院ではない。墓だ。種族全体の歴史が残っている。オビ=ワンは岩に手を当てた。強固ではない。外に続く扉が封じられたすき間を感じとれた。ただのしっくいでぞんざいに封印されているだけだ。ほかのものほど古いわけではなさそうだ。ここを封じたのは、アユージの仲間なのかもしれない。

そこを押しながら、フォースを使って扉を外すと、通りぬけることができた。光に目をしばたたかせながら出ると、そこは地面にできたひどい裂け目の真上だった。すでに暗闇を出てはいたが、ライトセーバーを消すにはためらいを感じた。寺院の墓から出ても、恐怖と心配はむしろ強まっただけだった。

下山を終えたアユージたちが、すぐとなりにおりてきた。

「それ、光の棒だよな？」オビ=ワンのベルトからぶらさがったセーバーの柄を指さし、カサルが尋ねた。「何ができる？　どんな働きをするんだ？　使ってみてもいいか？」

「これは武器だよ。複雑だからね、だめだよ。今はだめ。たぶん、あとでなら」

アユージは用心深い表情でオビ＝ワンを見た。「何を見つけたの？」

「歴史だよ。この星には、君たちよりも前に住民がいたって知ってた？」

「その人たちもここを去ったの？」

オビ＝ワンはかぶりをふった。「ううん。でも、もういないんだ。心地よさも安らぎもなかったと思う」

アユージの顔に恐怖の色が浮かんだ。そして決意の表情を見せた。「わたしたちは、まだここにいる。ここにずっといたいなら、収穫すべきときだよ」

アユージは恐ろしい黒い裂け目のふちに立って、飛びこんだ。オビ＝ワンはあたりを見まわした。自分たちが着陸した高台ははるか高くにあって、よく見えない。ついさっき、アユージをのみこんだ裂け目の下にある真っ黒な恐ろしい穴は、果てしなく続いている。

「ぼくは――」オビ＝ワンが言いかけた。

「いやな予感がするか？」カサルが尋ねた。

「いや、いやな予感はたくさんある。山ほどね」もしクワイ＝ガンがここにいたら、その予感に耳を傾けろと言うだろう。それを信じ、さぐっていけと。

カサルは肩をすくめた。「無視しろよ」
そしてオビ＝ワンを押し、穴に落とした。

CHAPTER

18

オビ＝ワンは闇の中に落ちていった。だが、ひとりではない。となりでカサルも落下しているし、下からはアユージが底におりたった音が聞こえた。オビ＝ワンはかろうじて、しゃがんだ姿勢で着地できた。足もとの地面はしっかりとしている。落ちてきた場所を見あげると、遠くに見える丸い空が唯一の明かりだった。穴の底は、外よりいくらか気温が低い。

「この穴で何を収穫する必要があるんだ？」オビ＝ワンはローブのほこりを払った。よごれがついていたわけではない。落とされた焦りから立ち直るための時間かせぎだ。それでも、息苦しさや胸の苦しさは消えない。内面の焦りではなく、外的な要因によるものだったせいだろうか。この惑星に着陸して以来、ずっと感じていたかすかな違和感は、もはやかすかではなく、大きくざわめきながら周囲を動いている。それは、はじめて裂け目の上を飛んだときの感覚に似ていた。ただし、その湯気を吸いこむというよりも、完全に浸りきっている。

まるで攻撃を受けているような気がした。たえず振りかえりながら、闇が形をとるのを待ちかまえる。闇はぼくをむさぼりつくすのか、あるいはぼくを乗っ取るのか？

「こっちだよ」アユージは急いで穴の奥に向かっていく。ほかの面々はオビ＝ワンの後ろに着地し、出口をふさいだ。古代の船がここに墜落したときにできた穴を、別の何かが広げたのだろう。前方には、意図的に岩を爆破して取りのぞいた形跡が残っている。そうやって作られた通路はぽっかりと深く口を開け、どこに通じているのかは想像もつかない。あの壁画に描かれていたのは、これだ。墜落ののち、農作業がおこなわれたと思っていたが、そうではなかった。このトンネルが掘られていたのだ。

あの壁画の結末はわかっている。オビ＝ワンは身をすくませた。一歩も先に進みたくないと同時に、仲間を見捨てて彼らだけでやらせるわけにはいかないと思った。何を収穫するにせよ、生き残るために必要なものなのだ。そうでなきゃ、進んでここに来る者などいないだろう。

呼吸を整え、この瞬間に集中して、周囲の違和感に心を乱されないようにする。麻痺《まひ》するほどの恐怖の中でも、ぼくはちゃんと動けるはずだ。試練《トライアル》のとき、それは証明できた。もう一度、それを証明するときが来た。評議会に対してではなく、自分自身に対して。

アユージが先頭に立ち、ゼイ＝ブリイとカサルが続いた。オビ＝ワンはメムとネスギンを先に行かせ、自分はしんがりにつくことにした。そうすれば、いつでも振りかえってあたりを確かめられるだろう。

岩だらけの地面で数名がつまずいたが、先頭を行くアユージの静かな足どりは確かだった。オビ＝ワンはセーバーを起動して照らしたい――セーバーを手にして心を落ちつかせたい――という誘惑に駆られたが、全員に明かりを提供できない以上、それは自分勝手に思えた。まもなく、その必要はなくなった。前方にわずかな光が見える。気温もそれ以上下がることはなく、暖かくなっていった。だが、上に向かっているわけではない。

「何が――」言いかけたオビ＝ワンに、アユージがしーっと言って黙らせた。すぐに答えはわかるだろう。スピードをあげると、前方の青い光はますます明るくなっていき、ライトセーバーの限定的な光などではないことがわかった。はるかに大きなものが発しているのだ。

ついにトンネルを抜けたとき、オビ＝ワンは驚いて足を止めた。ぼくたちは洞窟の中にいる。壁は広々とし、頭上の天井は高くそびえ立っている。そこらじゅうにあの六角形の柱が立ち、あるいは上から垂れさがって、地下のからっぽの空間を形づくっていた。

いや、そうじゃない。からっぽの空間ではなかった。洞窟の中央の、青白い細根がびっしりとからみあった大きなかたまりの下に、光を放つ源がある。光源は青く輝き、呼吸や心音のようにそっと脈打っていて、その光は生きているように見えた。

それはある意味で、イラムを思い出させるものだった。ただし共通するのは、畏怖《いふ》と恐怖をもたらす洞窟であるという点だけだ。イラムの洞窟はひどく寒く、結晶体のようだったが、この洞窟は暖かくて生きている。それでも驚異を感じた。理解できないくらい大きくて古い、神聖な場所に足をふみいれたという感覚だ。

洞窟の床を敬意をこめて歩くと、光を放つものが見えてきた。地下深くからわきだす、鮮やかな紺色の泉だ。直径数十メートルほどの泉が、洞窟の中央を占めている。だがその水は――それが水だとしたらの話だが――まったく穏やかではなかった。水がわきたって揺れると、手のひらくらいの大きさの光の球が水面に浮かんできた。頭上のヘビのような根が、光球をそっと包みこむ。繊維質の根は、光球が放つ光の軌跡を残しながら上に伸び、洞窟の天井に張りめぐらされた根の中に消えていった。その目的地はひとつではなく、無数である。

根の光は、あの奇妙なふくろ草と同じ色だった。木の葉の色とも同じだ。考えてみれば、ゴブラーの目のはっとするような青も、小さな岩の生き物の殻のきらめく虹色も、ふくろ草と共生するイモムシの外皮も、ここで見たすべての生き物はどれも皆、同じ輝きをもっている。

では、この泉がすべての源なのだろうか。オビ＝ワンは胸を打たれ、恐怖におびえて中に入らないままにしなくてよかったと思った。とても信じられない。危険をおかしてここに来る価値があると皆が感じるのも当然だ。この場所は何なんだ？　皆はどうやって見つけたのだろう？

だが、アユージたちがそれぞれ持ってきたふくろを広げたとき、もっと大きな疑問が浮かんだ。

「アユージ、待って」オビ＝ワンはささやいた。ぼくが感じたことを伝えなきゃ。この場所は神聖であると同時に、何かがひどくおかしいということを。畏敬《いけい》の念をいだいても、警戒心は消えなかった。ぼくたちはここにいるべきではない。でも、皆はぼくみたいにフォースを使わないから、この感覚がわからないんだ。ぼくは皆に警告して連れもどし、話しあわなきゃいけない。

アユージは視線で警告を送り、くちびるに指を当てた。オビ＝ワンは、来た道を指してみせた。アユージはかぶりをふって片手をあげ、こぶしをつくった。「今だよ！」

全員が前に飛びだし、泉に手を突っこんでできるだけ多くの光球をすくいだし、めいめいのふくろに押しこんだ。

そのとき、悲鳴があがった。

CHAPTER

19

オビ＝ワンは両手で耳をさっとふさいだが、悲鳴はまだ聞こえる。全身に針が刺さったような感覚だ。

「やめるんだ！」オビ＝ワンは叫んだ。「何かがおかしい！」

だが皆は耳を貸さず、手も止めなかった。光球をできるだけたくさんすくっては、ふくろにつめこんでいく。

「こっちに来て手を貸してくれ！」カサルが振りむいてにらんだ。「できるだけたくさん運ばなきゃいけない」

まともな思考ができない。立っていられるのが不思議なくらいだ。皆はいったいどうやって動けているんだろう。何かまずいことが起きそうなのを、どうして感じないでいられるんだ？

「もう充分かな？」ゼイ＝ブリイが、ぱんぱんになったふくろを閉じた。

「そのふくろを投げて！」アユージは自分のふくろを閉じて、オビ＝ワンに手を差しだしてきた。

オビ＝ワンは一歩下がった。洞窟は地響きを立てて揺れている。やっと感覚がもどり、理解した。あの悲鳴は声ではなく、感情だったのだ。友人たちの行為が、それを傷つけた……洞窟を？　泉の水を？　根を？　それとも、この惑星を？　まったくわからないが、それは苦しんでいる。オビ＝ワン自身も、苦しみを感じた。

「もどすんだ」オビ＝ワンは言った。

「収穫を手伝うって言ったじゃない。これが収穫なんだよ」アユージの顔はこわばり、目つきは鋭い。「どうしたの？」

「だけど――」

「そいつに構うな」いっぱいになったふくろをかかえたカサルは、最後に光球をひとつつかんで口に入れ、皆にもひとつずつ投げてやった。誰もが目を閉じ、頭をのけぞらせてのみこんだ。皆の身体に震えが走る――〝力《パワー》〟だ。オビ＝ワンがフォースだと思っていたのは、全然ちがうものだった。フォースは摂取できないし、盗むことも不可能だ。しかし、この惑星にある不思議な魔法は、摂取し消費することができる。

一部始終を目の当たりにして、やっとそれがわかった。ずっと感じていた違和感がどこから来ていたのかもわかった。ぼくはあまりにも注意散漫で、確信しすぎていたんだ。友人たちが助けや保護を必要としていると思いこみ、真実が見えていなかった。レナーラでは、彼らこそが、まちがった存在なんだ。

地面が揺れた。「ここにいるって知られたんだ！」。ゼイ＝ブリイが言った。「行こう！」いっぱいになったふくろを背負い、皆はいっせいに洞窟を走り出た。ほかにどうすることもできず、オビ＝ワンもあとに続いた。傷が刻まれ、黒ずんだ周囲の岩がうなった。この入り口はまさに、土地が傷つけられ、惑星に刻まれた傷跡なのだ。だからこそ、ここはふさがることがなく、ほかの場所の岩や地面はいつも動いているのに、この場所だけは無防備にぽっかりと開いているんだ。ちょうど、レナーランの船が墜落したとき、損傷のせいで惑星が船をのみこめなかったように。

「来る！」アユージが先頭で叫び、地面が揺れた。もうおなじみの揺れかただ。皆はジャンプして、なだれのように押しよせるあの生き物の群れを飛びこえた。群れの動きは今までよりもずっと速い。オビ＝ワンもあとに続いた。生き物をふんだり、通路の天井に頭をぶつけたりしないよう気をつけながら。

「ゴブラーはそう遠くないところにいるはずだ」カサルが警告した。「光の棒を出してくれ、オビ＝ワン」

「だめだ」やむをえない場合をのぞき、ぼくはあの生き物を傷つけることはしない。しだいにわかってきたのだが、彼らが攻撃的になるのは、傷つけられたものや、盗まれたものを守りたいときだけじゃないだろうか。「船に向かうんだ」

皆がどう思おうと、あの寺院の墓を抜けていこう。あの壁画をもう一度見なきゃいけない。あの絵の恐ろしい意味が、急にはっきりしてきた。

「すごい」トンネルを飛びだし、地面の長い裂け目に入ると、アユージが言った。大気はぴりぴりし、空には緑と赤に染まった雲がたちこめている。アユージが立っていた地面に雷が落ち、アユージはかろうじて身をかわした。この嵐に耐えられるものはないだろう。船は言うまでもない。

オビ＝ワンは通信機を取り出した。「エース！　ここを離れろ」

接続はとだえがちであったが、ドロイドは指示される前にすでに脱出済みであることを伝えてきた。

少なくとも、それだけはよかった。だが、状況は良くない。船への道のりはまだまだ遠いし、そこにたどりつくまでに惑星全体が自分たちを殺そうとしてくるのだから。何かが――何かが、今にも――

オビ＝ワンはカサルに体当たりし、稲妻の致命的な一撃をふせいだ。カサルが立っていた地面に煙があがり、火花が散る。ぴりぴりとした乾燥した空気のせいで鼻が痛く、息が苦しかった。

アユージが両手を差しのべ、ふたりを立ちあがらせてくれた。「心配はいらないよ！」すさまじい風と耳をつんざくような雷鳴に負けないよう、声をはりあげる。「嵐は長くは続かないから！」

「長くはって、どれくらい？」オビ＝ワンは追及した。たった一撃の雷を受けただけで、命は絶たれてしまう。何をするつもりか正確には教えてくれなかった仲間に腹をたててはいるが、彼らの死を見たくはない。

死はジェダイがたどる道の一部だ。数年前、訓練生《ヤングリング》だったころに、あるパダワンが殺された。無益な攻撃の巻き添えとなった。ジェダイの場合、若いからといって安全でいられるとはかぎらない。パダワンは完全なジェダイとはいえないが、ジェダイの義務はしっかりと果たさねばならない。つまり、経験不足は命取りになるということだ。

オビ＝ワンはずっと、銀河に出て何か良い行いをしたいと望んでいた。そして、自分自身の命のはかなさや、早々にあっさりと道が断たれる可能性をよく考えたことがなかった。だが、今は真剣に考慮している。

もしクワイ＝ガン・ジンがここにいたら、何をするだろう？　オビ＝ワンは目を閉じた。クワイ＝ガンは腹だたしい不可解な人だが、その声は今もよく聞こえる。現在に生きよ、クワイ＝ガンは言っていた。オビ＝ワンがめい想に入れないことが判明すると、何度もそう言って、教えようとした。フォースがおまえの中で動き、あらゆるものとつないでくれるあいだ、現在を生きるんだ。おまえは果てしない存在の小さな一部分だ。そこに平和と意義を見いだすのだ、と。

もちろん、今はめい想はできないし、平和が見いだせるとも思えない。それでも、この瞬間、周囲のあらゆるものとつながり、フォースのように動けという忠告に従うことはできる。目を開けて手を伸ばし、混乱の中に情報を察知しようとした。

「右側にゴブラーがいる！」オビ＝ワンは裂け目のふちに飛びのり、皆もそれに続いた。その瞬間、反対側から歯をむきだしたゴブラーの群れが猛スピードで突進してきた。「ぼくについてきて、同じように動くんだ！」

オビ＝ワンは裂け目の上を走った。何世紀も前に損傷をまぬがれた岩の柱が、まわりでぶつかってはねじれ、皆を落とそうとする。あのなだれのような生き物の群れが丘を猛スピードで駆けおり、迫ってきた。ゴブラーにも追いつかれそうだ。六本足の生き物は、二本足の誰よりも速い。

　巨大な岩の柱の一本が持ちあがり、皆にぶつかろうとしたとき、あるアイディアが浮かんだ。オビ＝ワンはこぶしを突きあげ、皆が追いつくのを待った。「三つ数えろ！」ガロリアン・ゴースト・ヴァイパー[*12]のようにとぐろを巻いた雷が、上空から襲いかかるのを感じた。ゴブラーたちはすぐそこまで来ている。〝なだれ〟の最初の一撃を足首にくらったが、構ってはいられない。集中しなければならないのだ。

「今だ！」岩の柱が震えたとき、オビ＝ワンは空中にジャンプした。岩を押し、その反動を利用して上に飛んで、ゴブラーの歯と〝なだれ〟の激突を逃れたのだ。仲間たちもまわりで歓声をあげた。背後の道は雷に破壊されたが、皆は空中に跳んで難を逃れていた。

　一行は森を走った。枝をよけ、ぽっかりと口を開けた穴を飛びこえていく。

「ばらばらになろう！」アユージが指示を出した。「そうすれば、誰かひとりに集中しづらくなる。たとえ全員で帰れなくても、収穫の一部だけでも持って帰れる」

　オビ＝ワンは地面にかがんで、危険な枝のすばやい一撃を避けた。あやうく、頭がもぎとられるところだった。「だめだ。全員で戻れるよ」

「おまえは責任者じゃない」カサルがオビ＝ワンを押した。「手助けもしなかった」

怒りがこみあげ、オビ＝ワンはカサルを押し返した。「君たちの行為はまちがっていたからだ」

「今は生きのびなきゃ。議論は後まわし」ゼイ＝ブリイはそう言ったが、アユージの指示にはしたがわず、そばを離れようとはしなかった。

「全員生還させる」オビ＝ワンは約束した。「それから話しあおう」

「待てないな」カサルはにらみはしたが、オビ＝ワンのあとに従った。オビ＝ワンは最も進みやすそうな道を探し、皆をひきいて木々の中を進んだ。多くのもの——あまりにも多くのものが、自分たちのまわりに集まってくる。それを感じつつも、オビ＝ワンはすばやく動き、ほかの皆の動きはさらに速かった。何かが動くよりも先に察知し、ジャンプしては身をかわす。その反応の速さは、自分の身を助けるのに充分だった。

よかった。ぼく一人では、全員を救うことはできないだろう。突進してきたゴブラーをかわしてジャンプし、その背中を蹴って、木々の中に飛びあがる。木々は揺れ動いて振りおとそうとしてきたが、ほかの仲間もすでに木の上にいた。地面の穴に落ちたり、待ち構えるゴブラーに襲われたりしないよう、木から木へと飛び移っていく。

幸い、嵐の速度は遅く、追いつかれることはなかった。嵐は背後で荒れくるうばかりだ。雷を相手にする必要がなくなって、多少は楽になった。

「すぐそこだよ!」アユージは大声で叫び、突きでた船を指さした。それほど遠くない。「なんとかなりそうだ」

オビ=ワンも同じ意見だった。全員を無事に帰すという約束は守れるだろう。

いや、だめかも? その瞬間、足首に枝が巻きつき、オビ=ワンは空中に放りあげられた。

そして、よだれをたらしたゴブラーの群れの真ん中にたたきつけられた。

＊＊＊

通信機から悲鳴が聞こえ、やがて静かになった。

「あれは仲間の二番目の船だ」乗組員のひとりが、非難のにじんだ口調で、目に涙を浮かべながら言った。「残っているのはこの船だけになった。小惑星帯の話をしておいてほしかった。乗組員は、あなたのために死ぬという契約をしたわけじゃない」間をおいて、つぎの質問がなされた。批判というよりも、畏怖の念に満ちた問いだ。「小惑星どもは、どうしてあんな動きをするんだ」

男は答えなかった。小惑星帯の話をしなかったのは、それが問題ではないからだ。男が去りたくなかったとき、皆が去るのを許した。そして今は、中に入れて歓迎するだろう。男はごく冷静に船を操縦した。おれをレナーラから引きはなしておくことはできない。それは確かだ。小惑星帯も同意してくれている。ほかの二隻の船を激しく攻撃したのは、おれと引きはなすためだ。

おれには、レナーラに入る権利を認めてくれた。

「気に入らないな」小惑星を警戒の目で見ながら、その乗組員が言った。ほかの小惑星はけっしてこんな動きはしない。

男はこらえきれずに、声をあげて笑った。「君が気に入るかどうかなんてどうでもいい」乗組員は船内にもどっていった。男はうれしかった。ひとりになりたかったし、何年もかけて手にした勝利を味わいたかった。目の前でどんどん大きくなっていくレナーラをながめる。おれの惑星だ。

引きはなされたとき、おれは叫んであらがいながら、兄をさがした。兄といっしょなら、ここにとどまれるくらい強くなれると思った。どんなに請い願っても、おれを捕らえた者たちは、耳を貸してもくれなかった。兄を、子どもたちを置き去りにすることになると言ったのに。やめさせることはできなかった。

だが今はもう、おれを止める者はいない。ついに戻ってきた。ひとりでも強くなれるだろう。

永久に。


〈下巻へつづく〉

＊12　ガロリア星系に生息する、ヘビのような恐ろしい怪物

スター・ウォーズ
パダワン　上

2025年1月28日　第1刷発行

著　キルスティン・ホワイト
訳　稲村　広香
発行人　川畑　勝
編集人　芳賀　靖彦
発行所　株式会社Gakken
〒141-8416　東京都品川区西五反田2-11-8
印刷所　中央精版印刷株式会社

絵　5ヘルス
ブックデザイン　LYCANTHROPE Design Lab.　武本　勝利
DTP　Tokyo Immigrants Design　宮永　真之
編集協力　芳賀　真美

【お客様へ】
この本に関する各種お問い合わせ先
●本の内容については、下記サイトのお問い合わせフォームよりお願いいたします。
https://www.corp-gakken.co.jp/contact/
●在庫については　Tel 03-6431-1197（販売部）
●不良品（落丁、乱丁）については　Tel 0570-000577
学研業務センター　〒354-0045　埼玉県入間郡三芳町上富279-1
●上記以外のお問い合わせは　Tel 0570-056-710（学研グループ総合案内）